新　潮　文　庫

春のオルガン

湯本香樹実著

新　潮　社　版

8468

春のオルガン

1

怪物《カイブツ》ダ、怪物ガヤッテクルゾ……！

叫《さけ》びながら、大勢の人たちが逃《に》げていく。自分がどんな姿をしているのかはわからないけれど、みんながそう言っているからには、ほんとうに私は怪物なんだろう。でもその声には、なんだかからかっているみたいな感じがあって、私は少し、くやしい。

ハシレ、ハシレ。ホラ、ノロマナ怪物サ。ハシレバ、ツカマリヤシナイ。

知らない男の人が、すぐそばまで来て舌を出して逃げていく。つかまえてやろうと思っても、私の体は土の上で死にかけている魚みたいに重たくて、自分の腕《うで》をどうやって動かしたらいいのかさえ、わからないのだ。だから私はおなかの底から、おそろしい叫び声をあげる。立ち止まり、目をつぶり、体じゅうに渦巻《うずま》いている毒を吐《は》きだすように、思いきり叫んでやる。ああ、いい気持ち。今度はみんな、まちがいなくふるえあがった。私は満足して、もっともっと叫び続ける。

あたりにはもう誰《だれ》もいなくなって、「怪物だ、怪物だ」という声もとっくに聞こえなくなっている。私は叫び続ける。ひとりぼっちで。ほんとうは怪物になんかなりたくなかったのに、と思いながら、叫び続ける。


「この世で、いちばんこわいものってなに？」

いきなりそうきかれたとき、体がすっかりからっぽになったみたいに、ふわっと浮《う》かびあがった。でもそれは一瞬《いっしゅん》のことだ。そして、目がさめた。

起きたくない。起きたからってどうなるのよ、みたいな感じ。沼地《ぬまち》に沈《しず》んでいくワニのように、私はまた眠《ねむ》りの世界へとひきずりこまれていく。ごぼごぼごぼ……

「ぼくはサメ」二段ベッドの下から声がした。

サメ？　テツがどうしてサメなんだ？

「サメがいちばんこわい」

私はさっきの夢を思い出した。同じような夢を、最近よく見る。

「おねえちゃんは?」

この世でいちばんこわいもの……?

「怪物」

「どんな」

「知らない」

テツはふうん、とつぶやくと、ぼくはサメに食われて死ぬのがいちばんこわいな、ともう一度言った。

「海に行かなきゃいいでしょ」

「飛行機に乗ってて、海の上に墜落《ついらく》するかもしれない」

じゃあ飛行機もやめたら、と言うのはやめにした。かわりに、頭からふとんをかぶった。

きのうの卒業式は最低だった。私はクラスの代表で卒業証書を受けとることになっていたのに、式が始まったとたん、なんだか気持ちが悪くなってきた。みんなの名前がひとりひとり呼ばれるのを聞きながら、きっと朝ごはんに食べたパイナップルがいけないんだ、とそればかり考えていた。

「以上三十九名総代、桐木《きりき》トモミ」

呼ばれて歩きだすと、おでこの上のほうがズキンとした。壇上《だんじょう》にのぼり、証書を読む校長先生の声を聞いている間、おでこは鉄の壁《かべ》にはさまれたみたいに痛くなってきた。卒業証書を受けとり、そろそろとおじぎして壇の上から振《ふ》り返る。おとうさんとおかあさんはどこだろう……みんなの頭がゆらぁと、黒い波のようにゆれた。私はそのとき、まるでマンガの気絶みたいに、後ろにぱったり倒《たお》れたのだそうだ。

ぱったり。

みんなの卒業証書をぶちまけて。

おまけに意識のない私を抱《だ》きあげて保健室に運んだのが担任のノグチだったと聞いて、ますます落ちこんだ。ノグチは一年中同じジャージを着てる。ノグチは腕立てふせと縄跳《なわと》びが大好き。縄跳びのときは胸の大きい子につい目が行く。学校中の女子が知ってることだ。

「ぼくがサメを飼ってたら、あいつを食えって命令する」

テツの声がして、突然《とつぜん》ぱっちり目がさめた。あいつ? あいつって誰だっけ。べッドの上から身をのりだすと、テツはふとんの中で、ぼろぼろになった図鑑《ずかん》を開いている。

「あいつって誰」

でもそのとき、勢いよくドアが開いた。

「目がさめてるなら、早く起きなさいよ」

おかあさんたら、ノックもしなければ、おはようも言わないんだから。私は横になったまま、いってらっしゃい、と手を振った。

「頭、まだ痛いの？」おかあさんは、私の顔をのぞきこんだ。「黄色っぽい顔してるわよ」

「痛くなりそうな気がする」私はふとんにもぐりこんだ。「今日から春休みだって知ってた？」

おかあさんはため息をつくと、だいたいネジがゆるんでるのよ、とぶつぶつ言った。それから「ゴミ出しといてちょうだい、おかあさんひとりじゃ持ちきれないんだからお願いね」といつものように、ほんとうに風のように、会社にでかけていった。

こういうのを、「ネジがゆるんでる」と言うのがあたっているのかどうかは知らない。ネジがゆるんでいるというよりは、ネジのゆるんだ時計の、振り子にでもなったみたいな気がする。

去年の夏は、一度も泳がなかった。秋になって、友だちと遊ぶのをやめた。ピアノをやめたのは、クリスマスの頃《ころ》だ。頭がよく痛くなるようになったのは、その少し前だっけ。冬になって、塾《じゅく》のいちばん上のクラスから落ちたけれど、志望校は変えなかった。こんなのっておかしい、も少しがんばれば挽回《ばんかい》できるはずって。でも頭はだんだんぼうっとしてくるし、じりじりあせりながら塾に通ったものの、結局私は受けた中学をふたつともすべった。ネジのゆるんだ時計の振り子は、宙ぶらりんのまま、のろのろ止まっていくしかなかった。

ゴミ袋《ぶくろ》を持って外に出ると、灰色の雲が切れ目なく空をおおっている。雪でも降ってきそうな灰色の空、灰色の冷たい光、灰色の……なんだろう？　道路のはしっこに、何かいる。

そいつは足をぴんと突《つ》っぱり、目も口もかたく閉じていた。車にはねられたのかもしれないけれど、血は出ていない。灰色の、大きな猫《ねこ》。足もしっぽもみごとに太い。

指先でこわごわさわってみると、やわらかな毛の下の体は石のようだ。冷たい。

「なに、それ」テツがもうひとつ、ゴミ袋をぶらさげてやってきた。トウモロコシのヒゲのようなぽそぽその前髪《まえがみ》が突っ立ち、ボタンの段ちがいになったシャツはズボンからはみだし、この寒いのにセーターもなし、靴下《くつした》もなし。さんざん風に飛ばされた後、ようやく救出された人みたいに見える。

「死んでるの?」

「車にはねられたんじゃないかな」

私の言葉に、テツは目をぐっと細めてうなずいた。「猫ってさ、車のライトにびっくりすると、一瞬すくんじゃうんだ。それでやられる」

「ふうん、よく知ってるじゃない」

「本に書いてあった」

またか、と私は思った。テツの言うことはいつも、図鑑や『なんとか百科』に書いてあったことばかりだ。

「オスだね」

「わかるの？」

「ついてる」テツは指さした。しっぽのつけ根のところに、まるまるとしたものがふたつ。毛のはえたサクランボみたいだ。

「ほんとだ」

「きっとさ、強いボス猫だったんだ。ナワバリをひろげようとして、やってきたんだ」

「猫にナワバリ、あるの」

ある、とテツはうなずいて、「これ、どうするの」と猫に目を吸いよせられたまま言った。

「おじいちゃんに言って、どっかに電話してもらう」

「どっかって」

「わかんないけど……たぶん保健所とか、そういうとこだと思う」

ずっと前、車にはねられた犬がトラックで運ばれていくのを見たことがある。ツナギを着た男の人がふたり、「ほら、首輪つけてるだろ。バカなやつだよ。迷子《まいご》になって、血迷って、とびだしたんだ」と、ききもしないのに教えてくれた。薄茶色《うすちゃいろ》の毛の短い犬で、すごくやせていて、なんだか裸《はだか》の人みたいだった。そのこわばった体を見ていると、自分が車にはねられて、その男の人たちに抱きあげられているような気がした。ほんとうの私はその犬にのりうつって、どこかに行ってしまう……その日からしばらくの間、私は自分の体をつねったりたたいたりして、自分がちゃんと生きていることをたしかめてばかりいた。死んだ動物を見たのは、それが初めてだったのだ。

「ぼくにくれる」しゃがみこんでいたテツが、私を見あげた。

「え」

「いいでしょ。どうせ持ってってもらうなら」

テツはゴミ置場に出ていた段ボールを一枚とってくると、固い猫の背中を爪先《つまさき》で押《お》したりしながら少しずつ動かし、どうにかその上にのせた。両腕を開いて段ボールのはしをつかみ、おぼんを運ぶように用心深く歩きはじめる。腕が、重さにふるえている。猫の頭は半分くらい段ボールからはみでていて、口から赤い糸のような血が一筋、灰色のアスファルトに落ちた。

「どうするのよ」

けれどテツは答えずに、そのままうちの庭に入っていってしまう。

「ねえったら」

まったく。あいつは何を考えてるんだろう。私はテツのぶんもゴミ袋をかかえた。

朝ごはんの後、お皿を洗ってしまうとすぐに二階へ行った。テツはベッドの中で、また図鑑を見ている。今度は飛行機の図鑑だ。サメのうようよいる海に、墜落なんかしない飛行機を研究してるんだろう。

「ねえ、さっきの猫、どうする気?」

テツは鼻唄《はなうた》をうたいだした。

「じゃ、いいわけね。おじいちゃんに言っても」

「おねえちゃん」

「なに」

「こないだおじいちゃんのタバコ、吸ったでしょ」

「火をつけてみただけじゃない」

「どんな味だった」

「まずかった。すごーく」

「ふーん……でもおかあさんに知れたら、おこられるよね」

それで私は黙《だま》った。まさかテツだって、箪笥《たんす》の引出しに猫の死骸《しがい》をしまっておいたりするわけない。と、思うんだけど……。

「テツ、オセロしない?」

「いい」

「テツが先手でいいよ」

「ううん、今いい」

テツは図鑑から顔をあげもしない。

階下《した》におり、お風呂場《ふろば》をのぞいてみたけれど、洗濯物《せんたくもの》はすっかり片づいている。意味もなく冷蔵庫を開けてみたり、家の中をぶらぶらしていたら、いつの間にか納《なん》戸《ど》でぼうっとしていた。日当たりの悪い狭《せま》い部屋は、冷たい湿気《しっけ》と樟脳《しょうのう》のにおい、ふたたび使う日がくるとは思えない品々でいっぱいだ。おばあちゃんの黒ずんだ桐簞笥、私が小さい頃に貼《は》ったシールのあとのついた三面鏡、古背広がぎっしり詰《つ》まった茶箱、ほこりにくもった人形ケース、洋服のボタンでずっしり重いコーヒーのびん、時代おくれの百科事典……

でも今日は、ちょっと意外な物を見つけた。それは本棚《ほんだな》と桐簞笥の間にはさまれて、部屋のすみで虫くいだらけの毛布をかぶっていた。もし毛布の上に、おととしの夏、海で買った麦わら帽子《ぼうし》が置いてなかったら、気づかないままだったかもしれない。

毛布の下から出てきたのは、おかあさんの古いオルガンだ。黒くてひんやりしたふたを開けると、三つの音色を選ぶレバーのかたちも、黄色っぽくなった鍵盤《けんばん》も、板の木目も、メーカーの名前の文字も、何もかもおそろしく昔っぽい。前に、子供だったおかあさんがオルガンの椅子《いす》にすわって、さあこれから弾《ひ》きますよって感じで振り返っている写真を見たことがあったけれど、こうしてそのオルガンをじかに見ると、突然目の前にあらわれたおかあさんの子供の頃の時間があまりにも——何百年も——遠い昔みたいなので、へんな気分だ。おかあさんと私は毎日一緒《いっしょ》にいるけれど、ほんとうは、おかあさんはおかあさんの、私は私の時間の中で生きてるんだよってことなのかもしれない。でもそう考えるのは、やっぱりへんな気分だ。コードをさしこみ、スイッチを入れてみた。鍵盤に触《ふ》れてもいないのに、うっすら音がする。耳を近づけると、すべての鍵盤の音が小さく鳴っているのがわかる。何かに似てる……そうだ、冬の朝に聞こえてくる遠くの高速道路の音。音はだんだんくっきりと、大きく、何本もの色とりどりの輪っかがぐるぐるまわっているように鳴りはじめた。

「それはもうだめだな」

いつの間にやってきたのか、おじいちゃんがこっちを見ていた。火の点《つ》いていないタバコをくわえ、太った体を簞笥と本棚の間に押しこむようにして私のところまで来ると、おじいちゃんはオルガンのスイッチに手を伸《の》ばした。

そのとき、雷《かみなり》が落ちた。でもそれはオルガンがたてた音で、私はおじいちゃんの手にオルガンが嚙《か》みついたのかと思った。「スイッチを切るな」って。おじいちゃんはびくりとしていったんひっこめた手を、とおせんぼするように私の前にのばし、そのままふたりとも身動きできなくなってしまう。バリバリいう音は一瞬《いっしゅん》やんだかと思うと、またいっそう勢いをまして、これでもかこれでもかというようにえんえんと続いた。やがて岩を噛みくだくような恐《おそ》ろしい音を最後に、あたりが静まりかえると、おじいちゃんの体からふうっと力が抜《ぬ》けるのがわかった。

「これ、おかあさんが子供のときのでしょ」

おじいちゃんは、「まったくなあ」と首を振《ふ》った。「古くなるわけだ」

大儀そうにかがみこみ、おじいちゃんはオルガンのコードを抜いた。

「まず、整理しなくちゃな」

「整理って。この部屋を」

返事をするかわりに、おじいちゃんはタバコに火をつけた。煙《けむり》を吐《は》きながら、本棚の本をながめている。

「おじいちゃん、こんなとこにいたら、また膝《ひざ》が痛くなるよ」

このところ冷たい雨ばかり降っているせいだろう、ふだんから日当たりの悪いこの部屋のふすまは、湿気でぶわぶわに膨《ふく》らんでパイの皮みたいに層になってる。鼻の奥《おく》がつんと痛くなってきたのは、ほこりのせいだ。

「ここにある物は、建て直しするとき、みんなまとめて処分するって。おかあさんがそう言ってたよ」

だけどおじいちゃんはタバコを吸いながら、表紙と表紙がべたべたくっついてる古い本を一冊ずつよりわけている。ときどきすごく咳《せ》きこむ。もくもく煙を出してる、こわれそうな機械みたいに。がんこじじい、と私は思った。おじいちゃんは、いつも自分の思うとおりのことしかしない。説明とか、相談とか、そういうことは一切《いっさい》しない。人の意見だって聞かない。だからタバコもへらさないし、咳が出たってお医者さんにも行かないし、こんなかびくさい部屋でガラクタを相手にしてる。こういうとき、私はおじいちゃんが、きらいだ。

「おじいちゃん、この頃へんだよね」

ベッドの上から声をかけると、テツの鼻唄がやんだ。返事はない。

「無駄《むだ》なことばっかりしてる。今度は納戸の整理だって」

「……」

「前はよく、雨漏《あまも》りの修理とかしてたのに」

「……」

「本箱だって作ってくれたのに」

「……」

「庭だって、ほったらかし」

応答なし。起きあがって下の段をのぞくと、テツはうつぶせに寝《ね》ころんで本を開いている。私はまた仰向《あおむ》けになって、うーんと伸びをした。どうせテツなんか、なんにもわかっちゃいないに決まってる。

おじいちゃんはどうしちゃったのかな。そうだ、おじいちゃんだけじゃない。おとうさんもおかあさんも、どうしちゃったのかな。おとうさんなんかこの頃《ごろ》は、翻《ほん》訳《やく》の仕事のために借りたアパートに行ったまんま。家に帰ってくるのは、たまに着《き》替《が》えを取りにくるときだけなんだから。

「へんなのは、みんなだよ」

テツがいきなりそう言った。びっくりしてもう一度下を見ると、あいかわらずテツのつむじだけがこっちを向いている。

「悪いのはあいつなんだ」

「あいつって？」私は、さっき「サメに食わせる」とテツが言っていたことを思い出した。

「ねえ、あいつって誰《だれ》」

またしても応答なし。でももしかしたら……私はあまり、そのことを考えたくなかった。


あの猫《ねこ》の死骸、どこにかくしたんだろう。テツはそわそわするわけでもなかったし、いつもより口数が少ないなんてこともなかった。しゃべることといったら「ヘビとマングースが戦ったら、どっちが勝つか」なんてどうでもいいことばかりだ。つまり、いつもどおりというわけだ。いつものように日が暮れて、おかあさんが帰ってくると、いつものように夕食がはじまる。テツはいつものようにおかあさんに叱《しか》られながら、ようやく半分くらいおかずをぐずぐずと食べ、それが終わると「歯《は》磨《みが》きしなさい」と、これもまたいつものように、おかあさんに追いまわされてた。いつものようにベッドに入り、私はマンガをちょっと読み、スタンドの電気を消す。

そしていつものようにまた朝がやってくる……はずだった。

けれど真夜中、夢を見たわけでもないのに目をさますと、暗い中でテツが何かしている。眠《ねむ》くてぼーっとしながらようすをうかがっていると、テツはパジャマの上にジャンパーを着て、めずらしいことに靴下《くつした》までちゃんとはいて、部屋を出ていった。

声をかけようかと思ったけれど、それはやめにした。起きあがり、二段ベッドの梯子《はしご》をおりると私もジャンパーを着て、廊下《ろうか》に出る。冷たい階段を半分おりたところで、裏口のドアのきしむ音がした。あいつは外に行くんだ。だけど何のために？

月が明るい。外の空気は思ったよりもやわらかで、明日は雨かもしれないな、と思った。テツは裏の物干し場でうずくまり、塀《へい》と物置の細い隙間《すきま》から、何かをひっぱりだそうとしていた。物置のかげで息を殺していると、紙のガサガサ鳴る音がする。やがて新聞紙にくるんだ包みをかかえて、テツは塀をのぼりはじめた。

その塀は、ちょっと複雑なかっこうをしている。おかあさんが子供の頃、おじいちゃんが建てた万年塀がまずあり、その塀にぴったりくっついて、隣《となり》の家が最近建てた高いブロック塀がむこう側にある。つまり塀が二重になっているわけだ。テツはまず、物置の脇《わき》で雨ざらしになっている古い茶箪笥にのぼり、万年塀の上に両足をのせた。そうやって万年塀の上にのぼると、隣の塀はテツのおへそくらいの高さになり、テツはその上に新聞紙の包みをそおっと置いた。それから塀をまたぎ、てっぺんに腰《こし》かける。両足をむこう側にたらして、包みを胸にしっかりと抱《だ》き、大きく息をしていた背中が一瞬凍《こお》りついたようにぴたりと動かなくなったそのとき、テツはふいに消えてしまった。

万年塀の足もとは、苔《こけ》がはえて黒々としている。北側のすみっこにとりのこされたようなこの場所は、塀の下から二番目の線までは、一年中日が当たらない。冷たく湿《しめ》った塀に、私は耳をあてた。何も聞こえない。

ふいに隣の庭の桜の木がゆれて、私は塀から離《はな》れた。テツの白い顔が塀の上にひょこっと現れ、お月さまの光に浮《う》かびあがる。私はなんだか、どきりとした。親戚《しんせき》のおばさんたちがよく、「テツくんは色が白くて、くちびるがピンク色で、ほんとに白雪姫《しらゆきひめ》みたい。トモミちゃんと反対だったらよかったのにねー」と言っている、いつものあいつの顔とはぜんぜんちがった。水気のない、紙みたいな顔。紙を切り抜いたみたいな目。

「なにしてんのよ」

塀からおりたところに声をかけると、テツは一瞬ぎくりとしたみたいだったけれど、すぐにうれしそうに目をぱちぱちさせた。私は少しほっとした。お月さまの光がまぶしいくらいに降ってくる。でも、テツは妖怪《ようかい》に変身してなんかいないし、夢の中の私みたいに怪物になってしまったわけでもなかった。

「隣に」テツはジャンパーを着たおなかから、くしゃくしゃに折りたたんだ新聞紙をとりだした。

「猫って。あの、今朝の」「猫、置いてきた」

声がふるえるのは、寒さのせいだけじゃないのかもしれない。

「うん」

「死んだ猫を、隣に置いてきたわけ」

「そう」

テツは私の横をすり抜けると、物置の板壁《いたかべ》を指でつーっとなぞりながら、裏口に向かった。

「なんなのよ」

え、とテツは暗い中で振り返る。

「どうするのよ。知らないわよ、あたし」

引きかえしてきたテツの顔が、再び月の光に浮かびあがった。口もとをぐっとむすんでいる。「おねえちゃんだって、わかってるだろ。悪いのは、あいつなんだ」

やっぱり。テツの言う「あいつ」が誰なのか、今度こそはっきりわかった。隣のおじいさんだ。おばあさんと二人暮らしで、おとなしそうなおばあさんを怒鳴《どな》りつけてる声が、うちまでよく聞こえてくる。「耳が遠いせいばっかりじゃないのよ。昔っから、ああなんだから」と、おかあさんは言っている。一日じゅう庭木の手入ればかりしているから、明日の朝、猫の死骸《しがい》を見つけるのは、まずまちがいなくおじいさんだろう。

「あいつは猫がきらいなんだ。ずっと前、ぼく見たんだ」

「見たって」

「庭に入ってきたのら猫に、殺虫剤《さっちゅうざい》をかけたんだ。シューッて」

「まさか」

「ほんとだよ。すごい追いまわしちゃってさ」

テツはちょっと黙《だま》ると、「猫のたたりだ」と言った。

「見つかったらどうするのよ」

「平気だよ。あんな嘘《うそ》つき」

私はテツの顔をぼんやりと見ていたんだと思う。テツは、「嘘つき」ともう一度言った。


問題は、この奇妙《きみょう》な二重の塀にある。ことの始まりはすごく昔、私のおかあさんがまだ小さかった頃のことだ。うちと隣の家との間には、境の塀がなかった。小さいおかあさんがよちよち歩きを始めると、隣に入って迷惑《めいわく》をかけては悪いということで、おじいちゃんは塀を作ることにした。ところが塀を作る工事の人がまちがえて、うちのほうに塀がくいこむように作ってしまい――つまり、うちの庭が畳《たたみ》六枚ぶんほどせまくなってしまったのだけれど――そのことに気づいたのは、それから十年もたった後だった。隣のおじいさんとうちのおじいちゃんがそのとき話し合って、うちがいつか建て直しをするとき、正しいところに塀を戻《もど》す。それまでは現状どおり、ということになった。お隣だっていきなり庭がせまくなるんじゃ気の毒だ、とおじいちゃんは言ったらしい。

いよいよ建て直しをしようということになったのは、それから二十年以上たった去年の秋。けれどその話をしにいくと、隣のおじいさんは「そんな約束をしたおぼえはない」と言いだした。そのうえ、新しい塀をそそくさと建ててしまったのだ。塀が二重になっているのは、そういうわけだ。

どうして私がこんなにくわしく知っているかっていうと――だってもとはといえば、気が遠くなるほど昔の話だ――おかあさんが話したからで、台所で冷蔵庫をのぞきこんだり、テレビを見たりしている私をつかまえては、おかあさんはその話をはじめた。きっと誰かに話さないではいられなかったんだと思う。毎日のように、おかあさんは会社を終えると、弁護士さんとかいろいろな人のところに相談しに行った。でも、どこでも言われることは同じだった。「今さらどうしようもない」とか「どうしてきちんと、書類を作っておかなかったんです」とか。毎晩遅《おそ》く、くたくたになって帰る日が続き、おかあさんはおとうさんとケンカするようになった。おじいちゃんはひとりで散歩ばかりするようになり、おとうさんは帰ってこなくなった。

もともと今の広さしかなかったと思えばいいのに。一度私がそう言うと、おかあさんの顔がみるみる変わった。そしてたったひとこと、「ほんとうにそれでいいの」と私にきいた。私は答えられなかった。ただ、おかあさんがこわかった。

あんな話、聞きたくなんかなかった。だって大人の問題なんだから。私はなるべく部屋に閉じこもって勉強していたけれど、ちっとも身が入らなかった。そういうとき、テツのことがうらやましかった。誰も、テツに大人の問題を話したりしない。小さくて、頼《たよ》りなくて、今度四年生になるくせに自分の着替えさえろくにできない、みそっかすのテツには。

だけどテツは、ちゃんと聞いていたんだ。

「一度、おじいちゃんに言ったんだ。どうしてあんなやつをほっておくんだよって。あんなやつ、殺してやればいいって」

テツがそんなことをおじいちゃんと話しているところなんて、私には想像もつかない。

「おじいちゃん、なんて？」

「そんなこと考えちゃいけないって、こわい顔した」テツは物干しの下に寒そうにうずくまった。「ぼく、家なんか古いままでいいんだけどな」

私は何も言えなかった。塀は月の光に白く浮きあがり、それがあまり明るいせいだろう。そのむこうの暗闇《くらやみ》は、いっそう深く、息を殺して、私たちに聴《き》き耳をたてているようだった。

予想通り、翌日は雨だった。朝から傘《かさ》もささずに万年塀にのぼり、隣を見張っていたのがいけなかったのだろう。夕方、テツは熱を出した。

「あいつ、ほんとうの悪者だよ」

熱にうなされながら、テツは言った。「ゴミといっしょに燃しちゃったんだ」

それがきのうの猫のことだというのは、もちろんすぐにわかった。お隣には銀色の小さい焼却炉《しょうきゃくろ》があって、落ち葉や切った木の枝なんかをよく燃している。私は隣のおじいさんの庭仕事で陽に焼けた、しわの深い顔を思い浮かべた。あの焼却炉で何でも燃やしてしまうんだ、きっと。猫だけじゃなく人を殺してばらばらにして、燃やしてしまうことだってできるかもしれない。いや、できるに決まってる。

「心臓発作でも起こすかと思ったのに」テツは苦しそうに寝返《ねがえ》りをうった。

「でもびっくりしたよね、きっと」

「するもんか。ただおこって、おばあさんをどなりつけてた」

私はきゅうにいそがしくなった。薬を買ってきて飲ませたり、氷枕《こおりまくら》をしてやったり、牛乳を温めたり。そういうことはぜんぶ、自分がしなくてはいけないような気がした。テツの秘密を知っているのは、私だけなのだから。

「おねえちゃん」

こっちが情けなくなるほどのひょろひょろ声がして、ベッドをのぞきこむと、

「こわい夢見た」テツは薄目《うすめ》を開けている。「ぼく、ハーモニカがうまく吹《ふ》けなくて、宇宙人に殺されるんだ」

「熱のせいよ」

「音楽のシイキ先生がいてさ。あいつも宇宙人なんだ」

音楽のシイキ先生は、たしかにこわい。おばあさんの先生だ。

「あの先生……」コンコンと乾《かわ》いた咳《せき》をしながら、テツは大事な遺言《ゆいごん》でものこすみ

たいに私の目を見た。

「カツラなんだよ」

「どしてそんなこと、わかるの」

「とれたんだ」

「カツラが？」

「そう。起立、礼ってしたとき。すぽっと」テツはにこりともしない。

「それ、夢の続き？」

「ちがうよ。ほんとに見たんだ。すぽってとれちゃったら、魚屋のおじさんみたいに短い毛が、真っ白だった」

テツは「こわかったなあ」とひとりごとのようにつぶやき、宙の一点を見つめている。やっぱりまだ熱が高いらしい。

「寝たら。晩ごはんのとき、起こしたげるから」

「うん」

テツはもう一度、「嘘じゃないよ、シイキ先生のこと」と言って、眠《ねむ》ってしまった。

ピンク色の頬《ほお》をしたテツが、寝息をたてている。テツはちょっとずるい。勝手に雨に打たれて、勝手に熱を出して、人に世話を焼かせてる。私だったら、雨に打たれたりしない。だから熱を出したりしない。

もっと小さい頃《ころ》、テツはアレルギーで肌《はだ》がカサカサだったから、夜中によく「かゆいかゆい」と言っては、おばあちゃんを起こした。おばあちゃんは、テツにかかりきりだった。おかあさんはテツが生まれてから仕事をしはじめたし、テツはほんとうにおばあちゃんの子供みたいだった。毎晩毎晩、泣きながら、テツはおばあちゃんを呼んだ。おかあさんではなく、おばあちゃんを。だからおばあちゃんは、寝る暇《ひま》もなかった。

私はおばあちゃんが死んだとき、テツがあんなに世話を焼かせなかったら、おばあちゃんはもっと長生きできたかもしれない、と思った。今でもときどき、テツが憎《にく》らしかったりするとそう言ってやりたくなる。でも、それはちがう。おばあちゃんが死んだのは、テツのせいなんかじゃない。それは私がいちばんよくわかっていることだ。

去年の冬はとても暖かくて、今頃はもう桜が咲《さ》きはじめていたことをおぼえている。おばあちゃんはおしっこが出なくなり、おなかに水がたまってしまった。お医者さんにいよいよあぶないと言われてからの何週間か、意識はすでになかったけれど、おなかの水は少しずつ口にあがってきた。水は黒い色をしていた。おかあさんは病院に泊《と》まりこみ、昼も夜もシューシュー音をたててわきあがってくるその黒い水を、おばあちゃんの口もとにガーゼをあててぬぐいとっていた。病室はひどいにおいになった。ゴミ箱が黒くそまったガーゼでいっぱいになる日が何日も続いて、あるとき私は思ってしまった。

「おばあちゃん、もう死んだほうがいい」

そんなことは思いたくなかったのに、ずっとずっと長生きしてね、なんておばあちゃんの誕生日カードに書いたりしていたくせに。

翌日の真昼、おばあちゃんは死んだ。おばあちゃんが死んだのは、私がそんなことを思ったから。私はおばあちゃんにいつまでも、いつまでもそばにいてほしかった。それが嘘だったとは思えない。でも、おばあちゃんは死んでしまったのだ。

自分が怪物《かいぶつ》になってしまう夢を見るようになったのは、それからだ。

ときどき、仏壇《ぶつだん》のおばあちゃんの写真をじっと見る。おばあちゃんの、少しぼやけた写真の笑顔《えがお》。でも、なんだかぴんとこない。おばあちゃんだって感じがしない。私はおばあちゃんのことをうまく思い出せないし、思い出すのがこわい。

だけど不思議なことに、おばあちゃんが死んでから、テツのアレルギーはすっかり治ってしまった。カサカサだったなんて信じられないくらい色の白い頬を、ふせた本にのせてテツが眠っている。

そっと引き抜《ぬ》くと、ぶあつい表紙のふちがすりきれたその本は、『世界妖怪図鑑《ようかいずかん》』。テツったら、熱があるのにこんなもの見てたんだ。『探偵入門《たんてい》』とか『ひみつシリーズ』とか、お気に入りの本ならいくらでもあるのに。私はいそいで本を閉じると、テツの手の届かない、本棚《ほんだな》のいちばん上に押《お》しこんだ。だって開いていたページは『化け猫《ねこ》』だったのだ。私はちょっと不安になった。テツがあの猫のことを考えているんじゃないか、そう思って。熱を出したのはあの死んだ猫の「たたり」だと、そんなふうに考えているんじゃないかって。

あくる日の午後、テツはエノキダケのような足どりで起きだし、着替《きが》えを始めた。

「まだ寝てなよ」

私は勉強机に向かい、おかあさんのお古のコンパクトをのぞきこみながら、工作用のはさみを使って前髪《まえがみ》を切っていた。こうやって、美容院に行く回数をなるべく減らしているのだ。べつに節約のためじゃなく、美容院は緊張《きんちょう》するから。とくに、男の美容師さんに当たったりすると。

左の眉《まゆ》の上が短くなりすぎたので、そろえようとしていたら、今度は右が短くなりすぎた。鏡をのぞきこんだまま、「お医者さん、行く?」ときいてみた。

「熱下がったからいい」

「くず湯、作ってみようか」

「いらない」

「カップスープあるよ。テツの好きな卵のやつ」

「今、いい」

「ふうん」ふうん。また、やることがなくなってしまった。「どっか行くの」

「うん」

「まだだめ」

「じゃ、お医者さんに行く」

「ついてってあげる」

「じゃ、行かない」

「行かないで、どこ行くのよ」

いらいらして何度もやりなおしていたら、前髪はおでこの真ん中くらいになってしまった。机の上は、いつのまにか細かい髪の毛でいっぱいだ。ぱん、と音をたててコンパクトを閉じ、立ち上がった。テツはセーターに首をつっこんで、ぐるぐるまわっている。

「今日はだめだったら。おじいちゃんだってそう言うよ、きっと」

すぽん、とセーターからあらわれた顔は、目がしょぼしょぼしている。

「後ろ前」

私が言うと、テツの頭はまたセーターの中にひっこんだ。そうしているうちに、ポロシャツや下着のシャツはズボンからぜんぶはみでて、おなかまで見えている。よろよろまわっている膝《ひざ》の裏を指でつっつくと、がくんと膝を折ったテツはセーターをかぶったまま、箪笥《たんす》に頭をぶつけた。

「なにすんだよー！」

私はとっとと階段をおりて、テレビの部屋に行った。人が看病してやったことなんか、テツはまるでおかまいなし。私だってかまってなんかやるもんか。

でも夕方になって、おじいちゃんから「テツ、どこに行った」ときかれたときは、ちょっと心配になった。私はテレビをつけっぱなしでコタツで寝てしまって、テツがいつ出ていったのかも知らなかった。まったく世話ばかり焼かせるんだから……口の中でぶつぶつ言ってると、おじいちゃんがへんな顔をしてこっちを見ている。

「なに」

「髪、切ったのか」

おかしいって思うなら、はっきりそう言えばいいのに。

「ちょっとさがしてくる」私はマフラーを首にまいて、とびだした。

真冬のように白い息を吐《は》きながら、私は神社にむかった。テツの行きそうなところ、といって思いつくのは、とりあえずそこしかなかったのだ。

うちの近くは、坂が多い。学校は、丘《おか》をひとつのぼって、おりて、ふたつめの丘の上だ。そのひとつめの丘は、ほとんどぎっしり家が建っているけれど、てっぺんに小さな八幡《はちまん》神社がある。お祭りのとき以外、いつも板の割れた雨戸が閉まっているさびれた感じの神社で、大きな木に囲まれて昼でも薄暗い。人通りが少ないから通ってはいけないと先生に言われていたし、おまけに遠まわりなのだけれど、テツと私はよく神社を抜けて学校に行った。

石の階段は、落ちた椿《つばき》の花でいっぱいだ。花を踏《ふ》まないように一段一段のぼりながら、満開だったのはいつだったか思い出そうとしてみる。でも、よくわからない。毎日ここを通ってたはずなのに。

立ち止まり、息を整えながら後ろを向いた。長くて急な階段がずっと続いているそのいちばん下を見つめ、石段のふちに爪先《つまさき》立ってバランスを取りながら、吸いこまれそうになるのをぎりぎりまでがまんする。目を閉じるのは、反則だ。一度、テツがほんとうに階段をころがり落ちてしまうまでは、私たちはよく、「落ちる、落ちる」と声をうわずらせながら、この「墜落《ついらく》ゲーム」をした。全身を曲がったクギみたいに硬直《こうちょく》させて、はるか下をにらんでいるテツの顔ときたら真っ青で、そのくせ、「もうやめよう」と先に言いだすのはいつも私なのだ。

だけど、ひとりでやってもあんまりおもしろくないや……てっぺんの十段ぐらいを、私は一気に駆《か》けあがった。

やっぱりだ。テツはお賽銭《さいせん》箱のむこうにいた。後ろ向きになったぽさぽさ頭が、お賽銭箱から突《つ》きでて見える。しきりに鼻を鳴らして、機嫌《きげん》よさそうに何かうたっている。

おどかしてやろう。

そっと近づき、息を吸いこむ。

そして……呼吸が止まってしまった。

お賽銭箱にもたれてしゃがみこんだテツは、ズボンもパンツもはいていない。セーターを着て、マフラーを首にまきつけたまま、フリチンで鼻唄《はなうた》をうたっているのだ。熱でどうかなっちゃったんだろうか。

「あ、おねえちゃん」

凍《こお》りついたままの私に、テツはパンツのぶらさがっている木の枝を指さした。私は催眠《さいみん》術にかかった幽霊《ゆうれい》みたいに歩いていくと、そのパンツに手を伸《の》ばした。ぐっしょりぬれている。とたんに意識をとりもどした私は、悲鳴をあげた。

「きれいだよ、洗ったから」神社でパンツを洗濯《せんたく》するのが、あたり前だと言わんばかりだ。「まだ、乾いてない？」

「なんでこんなとこで……」

「ズボンはだいじょうぶ」

狛犬《こまいぬ》の上に、だらりとのびたテツの長ズボン。片足だけ裏がえしになっている。

「誰《だれ》も通らなかったでしょうね」

「通らなかった。パン屋のおばさんだけ」

「通ったんじゃない！」

「だってさあ……ヘビ見つけたんだもん」

「ヘビ？」

「あれはシマヘビだ。図鑑に出てた」いつもうれしいときやるように、テツは目をぱちぱちさせた。「冬眠から出てきたんだよね」

「それがあんたのパンツと、どう関係あるの」

「関係ある。ヘビを追っかけてたらウンチがもれた」テツはそう言うと、ものすごくおかしい冗談《じょうだん》でも聞いたみたいに、ぷーっと吹《ふ》きだした。「ウンチがピーッ!」

「テツ!」

テツは「ほんのちょっぴりだよ」と私の顔を見て、もぞもぞ言った。「おかあさんに言わないでよね。ちゃんと洗ったし」

「どこで」

「え」

「どこで洗ったの」

「そこ」

階段をのぼってすぐのところ、『浄財《じょうざい》』と彫《ほ》りこまれた四角い石をテツは指さした。私はそれを五秒くらい、じぃっと見つめた。柄杓《ひしゃく》はなくなってしまったのか置いてあったためしがないし、雨水のたまった石のくぼみは緑色の苔《こけ》だらけだ。しかし……

「知ーらない、バチがあたったって」

「ここの神さまは、大丈夫《だいじょうぶ》」

テツは平然としている。何が大丈夫なんだか、私にはさっぱりわからない。

「帰ろ。乾《かわ》くの待ってたら、明日になっちゃうよ」

「うん」おちんちんをぷらぷらさせたまま、テツは木の枝からパンツをとると、そのぐっしょりぬれたのをはこうとした。

「やめなよ」私はズボンをさしだし、かわりにパンツを受けとった。

テツは私がせっかく表にかえしてあげたズボンを、なぜかもう一度裏がえしにし、それからもう一度表にすると、よろよろしながらスニーカーをぬぎ、ズボンの右足に自分の左足をつっこんだ。私は見ないふりをした。

「だけど、猫ってなかなか見つからないね」

椿の花がぽとっと落ちたのと、テツがふいにそう言ったのは、同時だった。

「……猫、さがしてたの?」

テツはようやく、両足を正しくズボンにつっこんだ。

「猫って人からかくれて死ぬんだって。だからこの神社なんかいいかなあって……」

でも、次に私が言ったのは、「チャック」というひと言だけだった。テツはうつむいて、半分までしかあがっていなかったズボンのチャックをひっぱりあげた。いちばん上までは、あと一センチほど残っている。

「ねえ」この際、チャックについては見ないことに決めた。「またああいうこと、する気」

「する」

「猫じゃなくたって、いいじゃない。きたない長靴《ながぐつ》とか、ゴミとか」

それじゃちがうよ、とテツは首を振《ふ》った。「あいつは猫がきらいなんだもん」

もうそれ以上話す必要はない、というように、テツは私のほうに手を伸ばす。私はパンツを反対の手に持ちかえた。

「かわいそうじゃない、猫が」

「じゃあ、おかあさんは」

「え」

「おかあさんは、かわいそうじゃないのかよ」

そりゃあ、と言いかけて、私は黙《だま》った。「ないのかよ」なんて言葉づかいをテツがするとは思ってなかった。

「ぼくが大人だったらさ、おまわりさんになって、あいつを逮捕《たいほ》してやる。それで死刑《しけい》だ。おねえちゃん、十三階段って知ってる?」

「知らない」

「首にナワがまきつけてあるんだ。階段のぼって十三段目でね、足の下がすとーんってなくなっちゃって、首がオエッてなって死ぬんだ」

「ふうん」私の頭の中ではまだ、おかあさんはかわいそうじゃないのかよ、その言葉がぐるぐるまわっていた。私はおかあさんにいろいろ話をされると迷惑《めいわく》だって思ったりはしたけど……

「それともね、手足をそれぞれ四頭の馬につないで、十字路のとこに連れてくんだ。馬にムチをヒュッて打つと、四頭が別々の方向に走りだして、人間がギェーッてばらばらになっちゃう。すごいよねー」

テツはもう一度、「ギェーッ！」と叫《さけ》び、首をがくがくさせて拍子《ひょうし》をとりながら、マンガの主題歌をうたいだした。自分の話に自分でBGMをつけてる。私はため息をついた。

「ほんとだよ。外国では、ほんとにそういう死刑あるんだよ。本に書いてあったもん」

「昔でしょ」

「んー、まあね」

「へんな本の読みすぎよ」

テツはちょっと首をかしげた。鼻の穴がひろがってる。

「なによ」

「おねえちゃんには、わかんないんだよ」

「わかんない」

「いいんだよ、わかんなくて」

私はちょっといらいらして、なんなのよ、と声をとんがらせた。「十三階段だとか、何それ。へんなことばっかり言うんだから」

「だからぼくが大人だったら……」

「大人だって、そんなのできないの」

私が決めつけると、テツは黙りこんだ。スニーカーの爪先で、地面に線を引いている。七本目の線を引いたとき、

「ぼく、猫《ねこ》のたたりで死んでもいいんだ」

猫のたたりで死ぬ、ともう決めてしまった人みたいに言った。

ひったくるように私の手からパンツを取ると、片手にそれをぶらさげて、テツは歩きはじめた。落ちた椿の花を拾い、蜜《みつ》を吸いながら、ぽつりぽつりとした足どりで階段をおりていく。そういう後ろ姿は、もしほかの誰かが見たら、いつものテツと少しも変わったところなんか、なかったんじゃないかと思う。

明け方、テツの歯ぎしりで目がさめた。そっと起きて階下《した》に行くと、裏口にあったおとうさんの靴がない。夜のうちに、また出ていったんだろう。

昨夜はひさしぶりにみんなそろっての夕食だったのに、めちゃくちゃだった。おとうさんがいけないんだ。「ここでゴタゴタしてるくらいなら、思いきって、もっと水も空気もきれいなとこに引《ひ》っ越《こ》すほうがいいんじゃないか」なんて言いだすから。ひょっこり帰ってきて、みんなの前でいきなりそんなことを言ったりして、おかあさんがおこるってわかってもよさそうなのに。思ったとおりケンカが始まり、おとうさんはおろおろしたあげく、おかあさんを怒鳴《どな》りつけるし、おかあさんは泣きだすし、私はおじいちゃんがなんとかしてくれるかと期待したけれど、おじいちゃんは「もう寝《ね》る」とか言ってひっこんでしまい、夜だというのにまた納戸《なんど》の整理を始めてた。結局、誰も「ごちそうさま」って言わなかった。

玄関《げんかん》にも、やっぱりおとうさんの靴はない。下駄箱の戸をそろっと開けてみて、きゅうにばかばかしくなった。ないのはわかってたけど、私ったら自分の家の下駄箱《げたばこ》を見るのにこそこそしてる。ぱん、と勢いよく下駄箱を閉めると、その音はまだ眠《ねむ》っている家に吸いこまれていった。古くて、すきま風だらけで、木の雨戸はすごくかたくて、お風呂《ふろ》のタイルはひび割れだらけで、ガラクタだらけのおんぼろなわが家に。

台所に行き、冷たい床《ゆか》の上に爪先立って、ミルクを温める。くもりガラスの窓が、海の底みたいに青くそまって、「あ、ずいぶん明け方が早くなった」と思う。ガラスの青い色が、すごくきれいだって思う。でもそんなことを思っているのは誰か知らない人で、ほんとの私じゃないみたいな気がする。ほんとの私が思っていることってなんなのかな、と考えると、また頭痛がしてきそうなのでやめにした。そのかわり、その「誰か知らない人」に、勝手に考えごとをさせておくことにした。

「トモミちゃん、おぼえてる?」(と、その「誰か知らない人」は話しかけてきた。）「あたしたち、小さい頃《ころ》よく夢を見たよね。このおうちが、こんなふうに青い、きれいな水の中にある夢」（うん、そうだったね。）「トモミちゃんは泳ぎながら、冷蔵庫を開けたり、ベッドに寝ころんだり、本を読んだり、ごはんを食べたりするの。おかあさんなんか、髪《かみ》の毛が水にゆらゆらして、絵本の人魚のお姫《ひめ》さまみたいだった。おとうさんも、おかあさんも、おじいちゃんも、おばあちゃんも、赤ちゃんのテツも、みんな水の中で、手をつないでゆっくり踊《おど》りながら歌をうたった。歌は途切《とぎ》れ途切れに聞こえながら、泡《あわ》と一緒に水にとけると、水が日向《ひなた》のにおいになった。ふわぁって天井《てんじょう》のほうまで泳いでいって、電球を新しいのにとりかえたりもしたね。水の中でぱっと明るい光がついて、すごくきれいだった」
ミルクに薄《うす》い膜《まく》がはって、あわてて火を消すと、その「誰か知らない人」は消えてしまった。バイバイ。私は小さな声で言った。バイバイ。

それからまたベッドにもぐりこみ、熱いミルクを飲んだ。ミルクがなくなると、だんだん冷えていく空のカップを両手でつかんだまま、朝が本格的にはじまるのをじっと待った。

2

べつに、予定をたてたり約束みたいなことをしたわけじゃない。だけどその日から、テツと私は猫《ねこ》さがしを始めた。もっと正確に言うと、死んだ猫さがし、だ。そんなもの見つかりっこないと私は思っていたし、もし見つかったらどうする気なのかもわからなかった。ただ、家にいたくなかったのだ。

「秘密だよ。おかあさんにも、おじいちゃんにも」

玄関《げんかん》で靴《くつ》をはいていたテツは、私がついてくると知って目をまんまるにした。

「なに言ってんのよ。神社のうんこ事件、バラしてもいいの」

テツは電線にとまった鳥みたいに、肩《かた》をすぼめた。「おねえちゃん」

「なに」

「髪《かみ》の毛どうしてそんなに切っちゃったの」

私は前髪を手のひらでおさえた。切り口がぎざぎざになってるのがわかる。「今《いま》頃《ごろ》言わないでよ」

「今頃って?」

テツの耳をひっぱって、私は外に出た。

隣《となり》のおじいさんは、今日も庭仕事だ。脚立《きゃたつ》にのっかって、高いところの枝にはさみを入れていく。おばあさんが下から心配そうに「おとうさん、もうそのくらいにして」と言うと、おじいさんは音の割れたラジオみたいな声で「水!」と叫《さけ》んだ。おばあさんはぴょんと小さく跳《は》ね上がり、あわてて家の中にひっこむ。それからコップに水をくんできて、脚立の下からさしだす。するとおじいさんは「なにやってんだ、バケツだ、バケツ!」と怒鳴《どな》りつけ、おばあさんはあたふたと、また家の中にひっこむ。

「木が一センチでも勝手に伸《の》びたりしないように、見張ってるのよ」

私がひそひそ言うと、

「早く行こうよ」

テツは空をちらっと見上げた。太陽が弱々しい白い光を投げかけている。その位置をたしかめ、自分の進む方角を決めたかのように、テツは足を速めた。

心の中で、「じじい脚立から落ちろ」と言ってみる。でも、おじいさんは脚立から落ちたりしないし、私が見てることにさえ気づかない。かわりに私の胸の中が、水でもいっぱいつめたみたいに重たくなってくる。

「テッ、待ってよ」私は走って追いかけた。

駅とは反対の、工業高校の裏の道をまっすぐ行き、マンションの駐車場《ちゆうしやじよう》を通り抜《ぬ》け、住宅地の細かい道路をいくつも曲がりながらテツは黙々《もくもく》と歩いていく。テツはひどい内またで、足どりは決してなめらかではないのだけれど、不思議と歩くのが速い。後をついていくだけで、体がほてって皮膚《ひふ》がチリチリしてきた。

風の中に木や草のにおいがする。背を伸ばし、胸の奥《おく》まで息を吸いこんでみる。毎年、春になると必ずやってくるこのにおい。去年も、おととしも、その前の年も知っていたはずなのに、好きだったはずなのに、どうしてだろう。今年、こうやって一年ぶりに同じにおいの中にいると、何か大事なことをし忘れているような気がして居心地が悪い。

いつも遠くに緑色のネットが見えていただけのゴルフ練習場の脇《わき》を通りすぎると、方向がまるでわからなくなってしまった。ふつうの家の間に、小さなお豆腐《とうふ》屋さんだけがぽつりとある道を曲がる。すると突然《とつぜん》、急な坂道の上に出た。坂をのぼったおぼえはないのに、どうなってるんだろう。私は少し心細くなった。

「ねえ、どこだかわかってる?」

テツは振《ふ》り向きもせずに坂をとことこおりていく。その背中を見ていたら、すごく昔のことを思い出した。テツがまだ小学校にあがる前、テツの耳が悪いんじゃないかと心配したおばあちゃんが、耳鼻科のお医者さんに連れていったのだ。結局、三つめの病院でも「耳に異常はない」と言われて、おばあちゃんも納得《なっとく》するしかなかった。テツは「聞こえない」んじゃなくて、「聞いてない」だけだって。

「早くー」

坂をおりきったところで、テツがじれったそうに手招いている。

ガシャーン、ガシャーンという金属音が近づいてきて、それは坂の下の信号を右に折れたところ、さびたブリキ板に囲まれた一画から聞こえてくるのだとわかった。ペンキのはげかけた看板には『山本製作所』とある。

「ここ、何?」

テツは私の質問には答えず、「こっちこっち」と、いつものへっぴり腰《ごし》でひょろひょろ行ってしまった。そして車の出入り口らしいところから、中のようすを熱心に見物しだした。

いきなり目に飛びこんできたのは、体育館くらいの高さの天井《てんじょう》から吊《つ》りさがった丸い円盤《えんばん》みたいなものだ。それがよろよろゆれながらさがってきたと思うと、その円盤に大きな四角い金属のかたまりが吸いついた。よく見ると、四角いかたまりはつぶした空き缶《かん》とか鉄屑《てつくず》をかためたものだ。

「大きな磁石なんだよ。すごいでしょ」

テツは目を輝《かがや》かせて私に言った。「あのひとつの四角を作るのに、ジュースの缶が何個くらいいると思う？」

「百個くらいじゃないの」

答えたものの、なんだかわけがわからない。これと猫とどう関係があるんだ？

「ちがうと思うな。千くらいだと思うな」

円盤は四角い鉄屑のかたまりを持ちあげると、すでにいくつも同じものが、巨大《きょだい》なキャラメルみたいに積みあげられているところまで移動した。ガシャーンという音がして、円盤から落ちた金属のかたまりは、きちんと整理されたキャラメルの山の一角になった。

「ぼく、空き缶拾ってここに持ってきたんだ、こないだ」

それからきゅうに、テツは手を振った。天井に近いところに、ガラス窓のついた小さな部屋があって、そこで磁石の円盤の動きを操作しているのだろう。四角い大きな顔にヘルメットをかぶったおじさんが、手を振っている。

「ぼく、あれ操縦したいなあ。大人になったら、ここで働く」

「もう行こうよ」なんだかきゅうに疲《つか》れた。「猫なんか、ここに来るまで一匹《ぴき》もいなかったじゃない」

「おねえちゃん、先行ってて」テツは円盤の重々しい動きを、うっとりながめている。「ぼく、もうちょっと見ていく」

私はその場にしゃがみこんだ。もし私が「帰る」と言ったって、テツは「どうぞ」って、すましてるだろう。とりあえず今は、テツのやり方に合わせるしかない。これはテツの言いだしたことなのだし、だいいち私には帰り道がわからないのだ。

さわがしいなあ、と思ったら、フォークダンスの音楽だ。体育館でみんな輪になり『マイムマイム』を踊《おど》っている。私も小学校の友だちや、先生や、塾《じゅく》の友だちと手をつないで輪の中にいる。みんなきれいな服を着て、にこにこしてる。音楽のテンポはどんどんあがり、私は夢中でぐるぐるまわる。小鳥になったみたいに体は軽々として、とてもいい気分。みんな私のことを、すてきだなあ、あの子はダンスの天才だよって言ってるにちがいない。

　でもそのとき、はっとした。私だけ、洋服を着ていない。裸《はだか》で踊ってる。どうしよう、とあたりを見まわすと、誰《だれ》も気づいてないみたいだ。こっそり抜けだそうと思ったとき、にやにや笑ってる顔が目の前に現れて言った。「おまえは一生、裸なんだよ」

　それで、目がさめた。

　外はまだ真っ暗で、物音ひとつしない。トイレに行こうかな、と思ったけれど、そのままベッドの中でぐずぐずしていたら、ますます目がさえてきてしまった。よりによって、どうしてあんなやつが出てくるんだろう。私はあのにやにや顔を知っている。

ずっと前の体育の時間のことだ。五年だったと思う。担任はもう、あのいけすかないノグチだったから。クラスをいくつかのグループにわけてリレー競走をすることになったとき、私はそいつと同じグループになった。そいつは私たちのグループに足の悪い女の子が入ると、その子の耳もとにささやきかけたのだ。

「おまえがいるんじゃ、やる気出ねーよ」

その声を聞いたのは、言われた本人以外、私だけだったと思う。

私はそいつにつかみかかり、体育館じゅう追いまわした。何がなんだかわからないほど興奮《こうふん》して、おぼえているのは、私をおさえこもうとしたノグチの腕《うで》にかみついたってことだけだ。ノグチは一瞬《いっしゅん》キャッと叫び、私はビンタをくらった。

理由も言わなかったし、あやまりもしなかったので、私はずっと立たされていた。足の悪い女の子がどうしていたのか、そういえばぜんぜんおぼえていない。休み時間になると、そいつがにやにや笑いを浮《う》かべ、立たされている私のところにやってきた。

「ノグチ先生がさ、サエキ先生に言ってたぜ」サエキ先生は保健室の先生だ。「おまえはジョーチョフアンテイだって」

その日の夜、すごくくやしくて、ふとんをかぶって泣いた。あのにやにや顔に、私はひとことも言い返せなかったのだ。

だけど今の私は、あのときみたいに思いきり泣くことさえできないでいる。カチカチカチ……二段ベッドの下から、テツの歯ぎしりの音が聞こえてくる。テツ、テツの言ってたことは、たぶんほんとうだよ。もし大人だったら、私だってもう少し何かできると思う。けれど私たちにできるのは、死んだ猫をさがすことくらいしかないのなら、明日も一緒《いっしょ》にでかけよう。

私はもう一度目を閉じた。そして朝まで、目をさまさなかった。

まるで大きなヒナ鳥みたいに、私はテツの後をついて歩いた。テツがあの鉄屑のところに寄れば、私も一緒に鉄屑をながめ、電信柱と塀《へい》の間のせまい隙間《すきま》を、なぜだかわからないけれどわざわざテツが通れば私もそこを通り、溝《どぶ》のふたの開いたところにテツが首をつっこめば、私も首をつっこむ。テツは真っ暗な、水のないコンクリートの溝の中に向かって「おーい」と叫んだ。声が響《ひび》くのがおもしろくて、私も「おーい」と叫んでみた。ふたりで何度も「おーい、おーい」とわめいていたら、きゅうにおかしくなって、テツも私も笑った。私たちの笑い声は暗いトンネルの中で響きあい、どこか遠い国の深い森の中で暮らしている、小さくて奇妙《きみよう》な生き物がいっぱいいるみたいになった。

学校の門を乗り越《こ》えたときは、最初さすがにびびった。どろぼうみたいだし、春休みの学校は静まりかえってよそよそしくて、私がここに六年間も通っていたことなんか、ぜんぜん知らないよって顔をしていたから。でも、ずんずん進んで行くテツの後について、古い体操用マットや板切れをかきわけるようにして体育館の裏にまわり、倒《たお》れた枯《か》れ草を踏《ふ》んで斜面《しやめん》を少しだけ下ると、そこには小さな沼《ぬま》があった。周囲の木々にびっしりとツタがからまり、厚く積もった落ち葉の間から、シダがゆうべの雨でいきいきとした緑色を見せている。

「こんなとこがあるなんて、知らなかった」

思わず私がそう言うと、テツは目をぱちぱちさせてうれしそうな顔をした。

「すだれ沼っていうんだよ、ここ」

テツが小石を投げると、緑色の藻《も》でいっぱいの水はゼリーのようになめらかに輪を作り、映っているテツと私を囲んだ。「もう少したつと、カエルの卵がたくさんとれる」

「卒業する前に、知ってればよかったなあ」

「来ればいいじゃない。今日みたいに休みの日とかに」

でもそれじゃちょっとちがうんだ、きっと。

空はすっかり木の枝でおおわれている。葉のない何百もの枝が、光に向かって伸びながら、細く細くわかれていく。理科室にあった人間の血管の絵にそっくりだ。木の枝と血管が似ているなんて、なんだか不思議だ。木の枝が血管なら、空は皮膚かな、と私は思った。

お昼にいったん家に戻《もど》り、おじいちゃんの作ってくれたうどんを食べていると、川原に行ってみようとテツが言いだした。

「うん、いいよ」

答えてから、おじいちゃんをそっと見た。テツも「しまった」という顔をしている。毎日出歩いて何をしてるんだ、ときかれるかと思ったけれど、おじいちゃんは黙《だま》ってうどんを食べている。私とテツは、ほっとして顔を見合わせた。あいかわらず納戸《なんど》の整理ばかりしているおじいちゃんと家にとりのこされるのは、ふたりともごめんだったのだ。

河川敷《かせんじき》に出ると、いきなり空が大きい。土手は帯のようにゆるくカーブしながらどこまでも続き、野球やサッカーのグラウンドを、うっすらとした緑色にふちどっている。土手からおりてグラウンドを横切り、枯れたススキの間の踏み分け道を抜《ぬ》けると、きらきらと光を乗せて、川がゆっくり流れていた。

「おねえちゃん、揚子江《ヨウスコウ》って知ってる」

「川」

「どこの国にあるか」

「中国」

テツは、よく知ってるね、と目をぱっちりさせた。「あそこにはウナギがいるんだ。人間より大きいウナギ。蒲焼《かばや》きにしたら百人ぶんあるかもしれない」

「あ、そう」テツったらウナギなんかぜったい食べないくせに、と私は思った。

ここにも何かいるかな、とテツは水の中をのぞいている。私は草の上にすわった。川風に吹《ふ》かれてぼんやりしていると、ここで今、こんなふうに陽の光を浴びていることがすごく不思議なことみたいに思えてくる。私が生まれる前から川は流れていて、たぶん私が死んだ後も、流れ続ける。私なんて、どうせちっぽけな点みたいなもの。何も変えられないし、何もできっこない。だけど……

今度はもう、おとうさんは帰ってこないような気がする。たったそれだけのことが、気になって気になってしかたないのだ。私は胸のあたりをぎゅっとおさえ、しゃがんだ膝《ひざ》におでこをこすりつけた。

もし、もう一度、死んだ猫《ねこ》を見つけたら……どうしたらいいんだろう？　ほんとうのことを言うと、そのときが来るのが、こわい。その猫を隣《となり》に投げこむのか、お墓を作って埋《う》めるのか、見ないふりをするのか、今の私にはぜんぜんわからない。でも、小さくこわばった猫の死骸《しがい》は、きっと私とテツに迫《せま》るだろう。「さあ、私をどうするんですか」と。

「おねえちゃーん、来てごらんよ」テツはいつの間にか、水の中に足首までつかっている。「靴下《くつした》ぬいで、靴だけはくんだよ。足、切ったりするから」

「冷たいから、いい」

テツは何かを追いかけるように水をのぞきこんだり、そでロで鼻水をぬぐっては、小石を拾って投げたりしている。川面《かわも》の光はだんだんとハチミツ色にそまり、水は重く、濃《こ》くなっていくように見えた。

「もうあがりなよ」

水からあがったテツの足は、ピンク色のソックスをはいたみたいになっている。私はトレーナーをぬいでテツの足をふいてやり、それから手のひらで、何度も何度もさすった。さすりながら、自然とおばあちゃんのことを思い出していた。小さい頃《ころ》のテツは、すごく骨の細い弱い子で、ころんでばかりいた。おばあちゃんは毎晩テツの足を、熱いお湯と冷たい水に交互《こうご》につけては、さすっていたのだ。強くなれ、強くなれっておまじないみたいに言いながら。そのとき、おばあちゃんはどんな顔をしていたんだろう……

「くすぐったいよ」テツはそう言いながら、それでもじっとしている。

強くなれ、強くなれ。でも強いってどういうことなのか、よくわからない。

「はい終わり」私はテツの膝をぴしゃりとたたいた。

翌日はすごくたくさん歩いてへとへとになって、でも夕方になると足はまた川原に向かった。川をながめてひと休みして、そろそろ帰ろうとふたりで土手を歩いていると、ウンウン言いながら自転車を土手の上に押《お》しあげている人がいる。自転車の前カゴには、洗面器やカップ麺《めん》のプラスチック容器なんかがいっぱいで、後ろのカゴには大きなバケツをのせている。

その人がこっちを見て、きゅうに「お」とうれしそうな顔になった。私はまわりを見まわした。土手の上には、風にふわふわしているスナック菓子《がし》の袋《ふくろ》を相手に、とびはねているカラスが一羽いるだけだ。

「あれ」テツが目をぱちぱちさせた。私はテツの腕をぐっとひきよせた。

へんなおばさんだ。夏でもないのに花模様のリボンのついたつばの広い帽子《ぼうし》をかぶって、中高生みたいな紺色《こんいろ》のジャージをはいている。お化粧《けしょう》はぜんぜんしていなくて真四角な顔をしているから、そんな帽子をかぶっていなかったらおじさんだと思ったかもしれない。

「きみ」声までおじさんみたいなガラガラ声だ。

「うん」テッツは頬《ほお》がうっすらピンク色になっている。大好きなかわいい女の子にでも会ったみたいに。ちょっとなんなのよ、と思っているうちに、テッツはすっとんでいって自転車の後ろを「ウーン」と言いながら押しはじめた。私は突《つ》っ立ったまま、そのガラクタを満載《まんさい》した自転車が土手をのぼりきるのをながめているしかなかった。

「ああ、どうもありがと。助かった」

汗《あせ》だくのその人は、にこにこしている。手伝わなかった私にまで、すごくにこにこして「おねえちゃん？」と言うので、はあ、ともぐもぐ答えた。こういうなれなれしい人は困る。

「ほら、あの空き缶《かん》のとこの。操縦してる人」テッツが言った。そうか。あの大きな磁石を動かしてた人か。だけどあの人……

「おじさんだと思った？」

ついうっかり「はい」と答えてしまうと、そのおばさんがガーッと大きな声を出したので、びくっとした。でもそれは、豪快《ごうかい》な笑い声だった。「よく言われんの。まるまっちいおばさんみたいなおじさんみたいだって」なんだかややこしい。

「おばさん、あの操縦、むずかしい？」

テツがきくと、おばさんはニカッて感じで笑った。八重歯《やえば》のところが金歯になっている。「なーんも」

テツは魂《たましい》を吸いとられたみたいに、その大きな金歯を見つめてぽーっとなってたかと思うと、きゅうに自転車の後ろに行き、ぴょんぴょんとびはねながらバケツをのぞきこんだ。

「すごーい、これどうするの？」

何が入っているんだろう？　おばさんは私に、見てごらん、と言うようにうなずいている。

バケツの中は、煮干《にぼ》しとキャベツを煮たものでいっぱいだ。

「これどうするんですか……」

「今夜のごちそう」

おばさんはそう答えると、自転車を押しながら土手を歩きはじめた。テツはついていってしまう。

「テツ……！」

「おねえちゃん、帰っていいよ」こっちを見もしない。

「大丈夫《だいじょうぶ》なの、きみ」おばさんが振《ふ》り返る。

「大丈夫！」テツは元気よく答えた。

冷蔵庫、テレビ、足のとれたベッド、扇風機《せんぷうき》、コタツ、ジューサー、和式便器、自動車、その他もとはなんだったのかわからない正体不明のもの……ありとあらゆるガラクタが山積みになっている。テニスコートや自動車教習所を通りすぎ、土手から少し入ったところ。高速道路のコンクリートの巨大《きょだい》な柱の足もとで、上から降ってくる車の騒音《そうおん》にすっぽり包まれ、そこはなんだかひっそりとしている。

おばさんがアルミの洗面器をシャベルでカンカンたたくと、サビだらけのバスから真っ黒い猫が一匹《ぴき》、そろりと出てきた。

「おねえちゃん、見て」

冷蔵庫や下駄箱《げたばこ》のかげから、猫たちがぽつりぽつりと、けれど後から後からあらわれた。すごい数だ。おばさんはバケツの中のキャベツと煮干しをシャベルですくっては、洗面器やプラスチックのお弁当箱に次々よそっていく。

「ぼくも手伝っていい?」

いそいそしているテツに、おばさんは「おう」と返事するやいなや、カップ麵の容器を渡《わた》した。「そのへんに置けばいいから、適当に」

ごちそうを大事そうに捧《ささ》げ持ち、テツは猫たちのほうに二、三歩進んだ。それからへっぴり腰《ごし》をかがめ、地面に置く。見慣れない顔にちょっと用心しているようだった猫たちは、テツが離《はな》れたとたん、わっと寄ってきて食べはじめた。

私もずっしり重い洗面器を持ってはみたものの、どうしていいかわからない。猫たちが期待に目を輝《かがや》かせ、鼻の穴をふくらませて、じりじり寄ってくるのがこわい。

「そこそこ」と、おばさんの指さしたブリキ板の上に洗面器を置くと、いっせいにたかってきたので、あわてて飛びのいた。

結局、テツと私はすごくいそがしい給食当番みたいに食事をくばり、バケツがからになってようやく、何十匹もの猫の食事風景を呆然《ぼうぜん》とながめた。食べ物をクチャクチャかむ音や、「ウルル」「アウアウ」といったうなり声や喉《のど》を鳴らす音で、すごくにぎやかだ。

「猫がキャベツ食べるとは知らなかった」テツはしきりと感心している。「もっとくわしい本、読まなくちゃだめなんだよね」

「雑草をよくかじったりしてるよ。レモンとシイタケは苦手なのが多いけど」

おばさんは花柄《はながら》の帽子をとって、首にまいたタオルでおでこをふいている。短い髪《かみ》の毛にきつくパーマをかけていて、やっぱりおじさんみたいだ。

「えー。草、食べるの」

「うん。犬でも猫でも人間でも、野菜は食べなきゃね」

野菜がきらいなテツは、そっぽを向いた。

「あー、助かった。あんたたちが手伝ってくれたから、今日は楽だった」

食べ終えたのから順に、おばさんは容器を回収しはじめる。お皿はみんな「なめたように」ぴかぴかだ。食事が終わった猫たちは、今度はせっせと体をなめている。

私は洗面器をひとつ、自転車のところに持っていき、

「あの……毎日、猫にごはんやってるんですか」

前カゴに容器を積みこんでいるおばさんに渡しながら、きいてみた。

「そう。毎日二回。朝と夕方」

「どうして」

するとおばさんは「どうしてだろうねえ」と言って、あははと笑った。

おばさんの家は、木造の古いアパートだ。鉄の階段をのぼっていくと、日に焼けて色のあせたドアの横に、アパートよりもっと古そうな緑色の洗濯機《せんたくき》が置いてある。「もう帰るよ」私はテツのズボンからはみでたシャツをひっぱった。これで五度目だ。でもそのたびに、テツは「え？　なに？」と一瞬《いっしゅん》振り向くだけで、おばさんについていってしまう。

玄関《げんかん》のドアを開けるとすぐ台所で、おばさんはガスコンロの上の大きなアルミのお鍋《なべ》を、玄関口の床《ゆか》におろした。ふたをとると、お鍋の中には例のキャベツと煮干しがまだ半分くらい残っている。

「ぼくにやらせて」

テツはおばさんからオタマを受けとり、コンクリートの三和土《たたき》に置いたバケツにお鍋の中身を移しかえはじめた。

「六時になるよ」おばさんが時計を気にすると、

「うん平気だよ」テツはすばやく答えた。「帰っても、誰《だれ》もいないから」

「そうなの？　おかあさんは」

「死んじゃった」

気の毒にねえ、というようにおばさんは首を振った。私は目の玉がとびだしそうで、あわててぎゅっと目を閉じた。

「ねえ、今度はどこに行くの」

テツはもう、すっかりわくわくしている。おばさんは空になったお鍋をコンロに戻《もど》すと、「さあて」と、いったん家の中を見回してから、靴をはこうとこちらを向いた。私たちはせまい玄関から外に出た。

「ボート小屋の裏の、橋のたもとだよ」

バケツを三和土から外に出し、おばさんは鍵《かぎ》をかけるためにポケットをさぐっている。

「ボート小屋って、ボート池んとこ？」

「そう。こっからちょっとあるけど」

「猫《ねこ》、いっぱいいる?」

「売るほどいるね」

「おばさん……猫売るの?」テッはぽかんとしている。

おばさんはガハハと笑った。「あの猫たちが売れたら、おばさん大金持ちだ」鍵をかけて、おばさんが振り向く。「ん? どしたの」

「おばさん大金持ちなの?」

私はなんだか恥《は》ずかしくなって下を向いた。のどの奥《おく》まで見えそうなほど笑っていたおばさんは、そんな私のようすに気づいて、まる見えだった金歯をかくすように口もとに手をやった。今ごろお上品に口をかくしたりして、そっちのほうがよっぽどおかしい。

「なんだよふたりとも、なに笑ってんだよ。ぼくぜんぜんわかんないよ」

テツはズボンのポケットに、両手をつっこんだ。

ボート小屋の裏に、猫は十三匹以上集まってきた。十三匹以上というのは、食べ終えた猫はいつの間にかいなくなってしまうし、新しい猫はやってくるしで、そこまで数えたところで何だかよくわからなくなってしまったのだ。おばさんは猫を一匹一匹見分けられるみたいだけど、毛色の似てる猫なんか、いったいどうやって区別するんだろう？　猫の顔ってどれも同じにしか見えないのに。

遊歩道のところでおばさんとわかれたときには、もうお月さまが出ていた。やわらかなもやに包まれた月を右に左に見ながら、テツと私は走った。

「おかあさん、帰ってるよね、きっと」ちょっと心配そうな声になってしまった。

「帰ってると思うな。きっとおこると思うな」そう言いながらも、テツは落ちつきはらっている。しょっちゅうおこられてるから強い。

「ねえ」スピードを落として、私はテツと並んだ。「あのおばさん、結婚《けっこん》してると思う？」

テツは、え、と私の顔を見た。

「あたし、してないと思うな」

「どして」

「台所の奥、畳《たたみ》の部屋、だったでしょ。たんすと、テレビと、折りたたみの小さいテーブル。それしか、置いてなかった。冷蔵庫だって、ちっちゃかった」走りながらしゃべっているから、息が切れる。

「おねえちゃん、よく見てんだねー」テツが眉毛《まゆげ》を寄せると、へのへのもへじみたいな顔になる。

「悪い？」

「悪い。人の家、じろじろ見ちゃいけないって、おばあちゃんが言ってたもん」

「じろじろなんか見てないわよ」少しむっとして、一気にスピードをあげた。「おかあさんのこと殺したりして。言いつけてやるからね！」

全速力で走り、十字路の手前で立ち止まった。両手を膝《ひざ》にあて、口を開けて息をする。心臓が激しく動悸《どうき》を打つ音を全身で聞きながら、片方の手でにぎりこぶしを作り、じっと見つめる。人間の心臓は、その人のにぎりこぶしと同じくらいの大きさだって言う。だけど私は、どんなに遠くまで行っても、どんなにたくさんの人と会っても、自分の心臓をこの目で見ることだけはぜったいにないんだろう。私の見たこともないものが私を動かしていると思うと、ときどきすごく不安になる。そういうとき、走りたくなる。今みたいに。

振り向くと、街灯に照らされたテツの白っぽい顔が、夜の道をひょこひょこ上下しながら追ってくる。あの顔は何かに似てるな、そうだウーパールーパーだ……なんてぼんやり見ていたら、テツは私の横をすり抜《ぬ》け、ひょろひょろの幽霊《ゆうれい》みたいに行ってしまった。

「ちょっとー。待っててあげたんでしょ」

そして今度はふたりとも、家まで一度も止まらずに走り続けた。

その夢の中で、私は真っ白な部屋にいた。まわりは白い壁《かべ》ばかりで、いったいここはどこなんだろうと思ったとき、私をとり囲んでいた壁が、ぐるぐるっとルーレットみたいにまわりはじめた。壁はぐんぐん速さをまして回転し、風が起こった。そして、とつぜん誰かに「ストップ!」と命令されたかのように、停止する。私の目の前には、黒々とした水の底のような鏡。のぞきこみ、目をこらすと、鏡の奥から何かの像が浮かびあがってこようとしていた。ゆっくりと揺《ゆ》れながら……ぞっとして目がさめると、部屋は明け方のひんやりした青白い光の中だ。ほっとため息をつき、寝返《ねがえ》りをうった。

新聞配達の自転車のブレーキ音が、途切《とぎ》れ途切れに近づいてくる。キィッとブレーキの音がきゅうに大きく響《ひび》きわたり、ポストがカタンと鳴った。新聞、取りにこう……でも二段ベッドからおりると、私は本棚《ほんだな》にあった卒業アルバムを手に取り、またベッドに戻った。

スタンドを点《つ》け、ふとんに腹ばいになって、右手の指の爪《つめ》をかみながら左手でページをめくった。集合写真の私ときたら、みんなにこにこ笑ってるのにひとりで深刻な顔して、まるで背中に拳銃《けんじゅう》でも突《つ》きつけられてるみたい。プール開きの写真では、きつすぎる水泳帽《すいえいぼう》に引っぱられて片目がひきつっているし、学芸会の写真も、遠足の写真も……皆《みな》ひとつの質問を投げかけてくる。たとえば五十年後なら、これを見てなつかしいと思うんだろうか。私は首をかしげるしかない。

でもわざわざアルバムを開いたのは、五十年後を待つまでもなく、見たい写真が一枚だけあったからだ。ページいっぱいにちりばめられたたくさんのスナップの中の、ほんの小さな一枚。四年生のときのもので、校庭で女の子四人が突っ立ってる。私は左の端《はし》で、カメラの後ろにいる誰かを呼んでいるみたいに、口をちょっと開き、首をそらしている。手招きでもしたのか肩《かた》のあたりで左手が動いて、そこだけ写真がブレている。

なんだか不思議な気分だ。私はまだ背がそんなに高くなかったし、やせてもいなかった。目も顔もまんまるだ。前髪をしょっちゅう気にしていじったり切ったりもしなければ、爪をかむくせもまだなかった。もっとやさしかったような気もする。人のことを意地悪くかんぐったりなどしなかったし、嘘《うそ》はあんまりつかなかったし、秘密なんかぜんぜんなかった。怪物《かいぶつ》の夢とか、おかしな夢も見なかった。

でも決定的にちがうのは、写真の私が「大人になった自分」を簡単に想像できた、ということだ。スカーフを風になびかせて、飛行場で手を振《ふ》ってる私。スポーツカーを運転して、何か困った問題を抱《かか》えてる人たちを助けるために、さっそうとあらわれる私。コンサート会場で、船みたいに大きなグランドピアノの前で優雅《ゆうが》におじぎする私。それからウェディングドレスを着た私。

そんなマンガみたいな想像を、あれこれ次から次へとしていたなんて、われながらちょっと恥ずかしい。でも今、それならどんな大人になるんだろうって考えると、何も思い浮《う》かばない。何も思い浮かばないまま、背だけがどんどんのびていく。給食の牛乳をこっそり捨てたって、きつい靴《くつ》をがまんしたって、スカートの丈《たけ》はどんどん短くなるし靴は爪先に穴があいてしまう。私は自分に置いてきぼりをくわされてしまう。

アルバムを閉じて、壁に立てかけた。仰向《あおむ》けになり、枕《まくら》に頭をのせてひとつ大きく息をつく。私はどんな大人になるんだろう。どんな大人になったとしても、人とケンカをしたり、病気になったり、最後はおばあちゃんみたいに苦しんで死ぬのだろう。きっとそうだ。なのに、考えるのはやめられない。

いったい私はどんな大人になるんだろう……

隣《となり》のおじいさんが、殺虫剤《さっちゅうざい》をまいている。ゴム手袋《てぶくろ》をはめてマスクをして、金属の筒《つつ》でできた噴霧器《ふんむき》に、バケツの水でといた薬を流しこむ。それから定規《じょうぎ》ではかったみたいにきっちりと切りそろえられた木々はもちろん、庭じゅうにたっぷりまくのだ。そのにおいは台所の窓の隙間《すきま》から忍《しの》びこみ、お昼を食べている私たちのところまでやってきた。

「また薬まいてる。そのうち木まで枯《か》れちゃうよ、きっと」

おじいちゃんは何も言わない。テツはおはしの先をかんでいる。私は立ちあがると、北側の窓をいったん大きく開け、ピシャリ、と閉めなおした。ゆがんだ窓はそれでも、下のほうに隙間があいている。

「静かに閉めんか」

うどんのどんぶりをのぞきこんだまま、おじいちゃんが言った。

「だってこの窓、なかなか閉まんないんだから」

お昼を食べ終えると、おじいちゃんはどこかからちびたロウソクをだしてきて、窓わくにロウをぬりはじめた。がたがたする窓を何度も開け閉めしては、すべりぐあいをたしかめている。

縁側《えんがわ》に出ると、ほったらかしの植木鉢《ばち》やプランターの散らばった庭は、いつの間にか雑草でいっぱいだ。塀《へい》ぎわに植えられたツツジやアオキの根もとにも、縁側のすぐ下のコンクリートのひび割れの間にさえ、草の芽や小さな葉が顔を出し、背伸《せの》びをしている。

「おじいちゃん、去年のチューリップ、出てきてるよー」

縁側から声をかけてみた。でも、障子を開けたのはおじいちゃんではなくてテッだった。

「こっちまでは、におわないね」テツは鼻をひくひくさせた。「おねえちゃん、あそこ、行こう」

「あそこって」

「こわれたバスのとこ」

「きのうのガラクタ置場のこと？」

「そう」

私はあまり気がすすまなかった。あそこにいた猫たちは、みんな目ヤニだらけで、ひどくやせている。気がめいるほど、みじめな猫ばかりだ。病気のもいるかもしれない。猫は人から隠《かく》れて死ぬらしいけど、もし目の前でばったり息絶えたりされたらどうしよう。死骸《しがい》を見つけるより、もっと悪い。

そのとき、ズズーッと畳をこする音がした。おじいちゃんが太ったおなかを突きだして、押したりひきずったりしながら、このあいだのオルガンを運んでいる。テツと私は、あわてて障子を開けはなった。おじいちゃんはウンウン言いながら、どうにかその古いオルガンを縁側に出してしまうと、とたんにひどく咳《せ》きこんだ。顔が真っ赤だ。血圧が高いのに、無理しないでほしい。

「これ、どうするの」

答えがないのは、咳がおさまったと思ったら、もうタバコをくわえているせいだ。

「直すんじゃないよね」

「直す」

またか。正直いって、そう思った。またおじいちゃんの「まだ使える」が始まったのだ。一度、冷蔵庫の扉《とびら》がガバッと取れてしまったときは、いよいよ買換《かいか》えだとみんな思った。だってうちの冷蔵庫はものすごく古くて、そのときは扉をささえている金属の棒が、まるでちぎれたみたいに折れていたのだ。でもおじいちゃんはまる二日がんばって、直してしまった。閉めるのにちょっとコツがいるけれど、とにかくその年代物の冷蔵庫はまだ使われている。おじいちゃんの部屋のテレビもそうだ。私が生まれるより前から、おじいちゃんはそのテレビが映らなくなるたび修理してきた。もっとも、今では映らないチャンネルがふたつある。一度おかあさんが新しいのをプレゼントしようとしたとき、おじいちゃんは「考えてもみろ。いくらチャンネルがたくさんあったって、一度に見れるのはひとつきりなんだぞ」と言って断固受け取らなかった。だけど今でも、映らないチャンネルでやってる時代劇を見ようとして、おじいちゃんはときどきテレビの裏側をのぞきこんでいる。おかあさんはそういうとき、「がんこっていうか、負けずぎらいっていうか」とため息をついて、首をひねっているおじいちゃんのことは見ないふりをしている。

「うわあ」テツが叫《さけ》んだ。「おねえちゃん、これ見て」

緑色のカビが、オルガンの背面の板にびっしりはえている。タバコの煙《けむり》をふかしているおじいちゃんは、そんなことにはまるでおかまいなし、といったようすで、何十年かぶりに太陽の光を浴びているこわれたオルガンと、仲のいい兄弟みたいに並んでいる。

「でかけないのか」

「なにか手伝う?」いちおう、きいてみたけれど、

「いらん」

それで私たちはでかけた。

「きのうのおばさん、また来るよね」

「来るでしょ。毎日って言ってたから」

やっぱり、あの猫《ねこ》たちのところに行くつもりなんだ。

「おじいちゃんさぁ」車にぺちゃんこにされたバナナの皮を、テッはしつこく蹴《け》りながら歩いている。「あのカビはえオルガン、直して弾《ひ》くかもしれない。ピララ〜ッて」

知らない、と私は首を振った。

3

ブリキ板や、横倒《よこだお》しになった冷蔵庫や、車輪のとれた自転車の間を走りまわり、テツは猫《ねこ》を追いかける。でも実際には、追い散らしていると言ったほうがよかった。「いじめないよ、いじめないったら」なんていくら言ったって、猫に通じるわけがない。テツが近づいていくと、猫たちはみんな、ほんの少しの隙間《すきま》にするりと姿を消してしまう。私は積みあげられたガラクタの山のなかでもいちばん高いところの電子レンジに腰《こし》をおろし、「ほら、そこにいるよ」「あ、こっちに逃《に》げた」とあっちこっちを指さした。「なんかじれったいなあ。追いかけてばかりいたってだめなのよ、先回りしなくちゃ」

「じゃあおねえちゃんは、猫がどっちに行くかわかる?」

気がついたら、私まで汗《あせ》だくだ。猫はつかまるどころか、しっぽにさわらせてもくれない。

「くそ猫! ハンバーガーにしてやる」

「おねえちゃん、みんな逃げちゃうからやめてよ。すわっててよ」テツが黄色い声をあげた。

「オーイ」土手の上で知らないおじさんが手を振《ふ》っている。だんだん強くなってきた川風に飛ばされながら、そのおじさんの声が切れ切れに届く。「そこ……あぶな……いけない……」

まずいなあ、と思った瞬間《しゅんかん》、黒白のぶち猫がおしりをふりながら洗濯機《せんたくき》の下にもぐりこむのが見えた。ああ、もうちょっとだったのに。

「……ゴミを捨てては……」おじさんは、まだ何か叫《さけ》んでいる。

「猫が逃げたんです!」やぶれかぶれで叫ぶと、おじさんは首をかしげながら行ってしまった。

あれ、と思ったらいつのまにか、ブリキ板や自動車のボンネットを踏《ふ》むテツの足音が聞こえなくなっている。どこに行っちゃったんだろう。

「テツー」

風はときどき吹《ふ》くのを忘れたようにしずまり、その後いっそう強く吹きはじめる。汗が乾《かわ》いて、私はくしゃみをひとつした。

テツはこわれたバスの中で眠《ねむ》っていた。走りまわってくたびれたんだろう、泥《どろ》だらけのシートに頬《ほお》をすりつけるようにして、寝息《ねいき》をたてている。いつも猫が寝ているバスの中は、ちょっと変わったにおいがする。カーディガンをぬいでテツにかけてやり、窓を細く開けた。

シートにすわって外をながめると、草も、空も、ガラクタの山も、窓わくにふちどられてさっきまでとはちがって見える。このバスが動きだし、世界中どこへでも、ジャングルや海底や噴火《ふんか》する火山の中にだって走っていけたらいいのに……そんなことを考えながら、テツが目をさますまで外を見ていた。

夕方、おばさんはワカメとカツオのなまりを煮《に》たものを洗面器につぎながら、「へんだねえ」と首をかしげた。「今日は猫たち、様子がおかしいよ。なんか用心してるみたい」

あれから私たちはまたしても、猫を追いかけ追い散らしてしまったのだ。「風が強いせいじゃないかな」そう言ってとぼけたテツを、猫たちがじっと見ている。

おばさんは、そうかねえ、ともう一度首をひねってから、地面に唾《つば》をぺっと吐《は》いた。「ほんと、ひどい風だ。口ん中までざらざらになっちゃった」

テツは眉《まゆ》を寄せ、ひょっとこみたいにくちびるを突《つ》きだした。頰《ほお》をすぼませたり膨《ふく》らませたり、何をしているんだろうと思ったら、いきなり大きな声で「ぺっ」と言った。唾を吐いたつもりらしい。

「テツ」私はしかめつらをして見せた。

頭を寄せあっていっしょうけんめい食べている最中でも、猫の耳はしじゅうぴくぴく動いている。ときどき、ぐいぐい押《お》してくる隣《となり》の猫の頭を、食べながら前足で軽くたたいたりする。でも、食べ物をとりあってケンカすることなんかない。私とテツはしゃがみこんで、猫たちが食事するようすを静かにながめた。それから、おどかしたりしないように気をつけて立ちあがり、すっかり空になったお皿を片づけてまわった。

「猫ってワカメも食べるんだね」おばさんの自転車に洗面器をのせながら、テツが言った。

「うん、食べるよ」おばさんが答えると、

「ぼく考えたんだけどさ」テツは体をなめている猫たちを振り返る。

「猫って魚が好きでしょ。魚もワカメも海でとれるから、どっちも好きなんじゃないかな」

おばさんは真面目《まじめ》に感心したみたいだった。「そうかもしれない。テツくん、頭いいね」

「そうでもないよ」テツはきゅうに体をくにゃくにゃさせた。「おねえちゃんのほうがもっと頭いいよ」

土手の道の途中《とちゅう》で、私たちはおばさんとわかれた。

「きのう遅《おそ》くなったから、おかあさんに叱《しか》られちゃった」テツはそう言ってから、

「あれ？」って顔でかたまってしまった。

「おかあさん生きかえったかい」にこにこ顔のまま、おばさんが言った。

私はテツのおでこを指ではじいた。

「いてー」

「嘘《うそ》つきはどろぼうのもと」

「おねえちゃんに嘘ついたわけじゃないもん。それに、嘘つきはどろぼうの始まり、だよ」

「おばさんにあやまんないわけ」

でも真っ赤になったテツが「ごめんなさい」と言うより先に、おばさんはテツの頭をくしゃくしゃとなでた。なでたというより、ゆさぶった。テツのぽさぽさしたやわらかい髪《かみ》は、総立ちになった。

「早く帰んなさい。雨降ってきそうだし」

うん、とテツはうなずいた。「おばさん、猫と仲よくなるのって、どしたらいい

の？」

「猫と仲よく？　簡単だよ」おばさんの太い眉毛と眉毛が、磁石のマイナスどうしみたいに、ぱっと離《はな》れる。

「まあ最初はね、いきなり抱《だ》っこしようとしたり、追っかけたりしちゃだめだね」

テツも私も肩《かた》をすくめた。

「じゃ、どうするの」テツは不満そうだ。

「そのうち寄ってくるようになるよ」

「そのうちって、いつ」

「あのね、ちょっとずつ、仲よくなるの。すこーしずつ」すこーし、というところを、四角いアゴをひき低いガラガラ声をますます低く響《ひび》かせて、おばさんは言った。

「どうやって」

「だからすこーしずつ。だんだん」

「すこーしさわろうと思ったのに、すぐ逃げちゃうんだよ」テツも白くてとがったアゴをひいて、すこーし、と言った。

おばさんは、ははあ、という顔をした。

「あせっちゃだめだよ、猫は子供と大工さんと掃除機《そうじき》がきらいだからね。特に大人の猫とかのら猫は、それがかんじん」

わかった、とテツは口の中で小さく言うと、土手を駆《か》けおりていった。「バイバーイ！」

おばさんはテツに手を振ると、「じゃあね」と私に言った。さよなら、と私も言って土手をおりる。おばさんが私を見ているような気がして、振り返る。でも自転車はゆっくりと、ときどきよろめきながら土手の上を遠ざかっていった。

「ねえ、大工さんと掃除機ってさ、大工さんはトンカチ持ってるからだよね。ぶたれたら痛いもん。掃除機はどうしてかな。吸いこまれたら毛が抜《ぬ》けちゃうのかな」

テツは小走りに走っては、振り返り振り返りしてそんなことを言った。


それからすぐ、空の上で大きな獣《けもの》が喉《のど》を鳴らすような音がしたかと思うと、黒い雲がみるみるうちにひろがった。空気は湿《しめ》り気を帯び、草のにおいが立ち上がる。私は髪をさわってみた。雨が降る前はいつもそうなるように、髪のくせが強くなって膨れている。この感じだと、そうとう大雨になるはずだ。私とテツは住宅地の細い道路を、いそぎ足で歩いた。

「おねえちゃん」テツはちょっと走って私と並んだ。「どうしてあそこに、あんなに猫がいるか知ってる」

「どうして」

「捨てにくるんだって。猫捨て場なんだ。おばさんが言ってた。ボート池のとこもそうだって」

あたりはますます暗くなっていく。

「ぼく、あそこで暮らすんだ」

「あそこって、あのガラクタ置場で？」

「そう。夜はバスの中で寝れば大丈夫《だいじょうぶ》だよ」

テツの顔を見ると、口を半開きにして、真ん前ばかりを見つめている。

「何が大丈夫なの」

「今すぐじゃないけど」

「ばっかみたい。そんなの無理に決まってるじゃない」

「じゃあおねえちゃん、もし……」テツがそこまで言ったとき、白い光が一瞬ひらめいた。それから空の上で、巨人《きょじん》が岩の扉《とびら》を開くような低く重たい音がした。テツはなんて言おうとしてたんだろう。もし……もし、どうなったら、テツはあそこで暮らすっていうんだ？　もし、猫と仲よくなったら？　もし、おとうさんがこのまま帰ってこなかったら……？

走ろうかと思ったけれど、もう充分《じゅうぶん》に息が切れていた。だから私たちは、そのまま歩き続けた。あまりいっしょうけんめい真ん前ばかり見ていたから、その男がこっちに来るのに気づかなかった。あ、と思ったとき、目だけが見えた。夜のような暗さの中で、その男の目だけがぱっと光った。すれちがうまで、ほんの二、三歩だったと思う。一瞬、頭の中にぼうっともやがかかった。その男の手がすれちがいざま、私のカーディガンの下にすべりこみ、左の胸をつかんだ。

悲鳴もあげなかった。催眠《さいみん》術にかかったようにそのまま歩き、振り返ると、もう誰《だれ》もいなかった。

「おねえちゃん、どうしたの」

　私を見上げるその顔は、まるできょとんとしている。テツは気づかなかったんだ、なんにも。

　それからすぐ、目も開けていられないほどの大雨が降りはじめた。ずぶぬれになりながら、私は歩き続けた。

　あの男は、灰色の作業着を着ていた。髪はパーマをかけているようなくせ毛で、白髪《しらが》がずいぶん混じっていた。顔は青白く、鼻は高くて、薄《うす》いくちびるは下くちびるのほうが少しだけ突きでていた。若いのか、年寄りなのか、よくわからない顔。そしてあの目。光っていた目。どうしてこんなに細かく思い出せるんだろう。私の胸にはあの指が、まだくいこんでいる。

　雨の中で立ち止まり、おそるおそる見下ろしてみる。「縦方向にひっぱって伸《の》ばしたみたい」とよく言われる、やせた自分の体。ほとんど平らな胸は、それでも走ると少し痛い。あの光る目は、それを見抜いたんだろうか。

「おねえちゃん」

　振り返ると、テツはおぼれたハツカネズミみたいにずぶ濡《ぬ》れになって、あごをふるわせている。

そうだ、あの男は見抜いていたんだ。私が悲鳴をあげることもできないくらい臆《おく》病《びょう》だってことを。それからテツが、気づきっこないってことも、もし気づいたって何もできやしないってことも。

そのとき、激しい落雷《らくらい》の音がした。夢の中の怪物《かいぶつ》に、私ははじめて自分からよびかけた。さあ早く、目をさますなら今じゃないの。おそろしい姿を現して、こんな土砂《どしゃ》降りの中で知らん顔を決めこんでいる家並みごと、何もかも踏みつぶしてしまえばいい。

「おねえちゃんったら！」

テツが私の手首をつかみ、雨の中を駆けだした。

「明日の朝、猫《ねこ》のとこ行ってみない？」

ベッドの梯子《はしご》を途中までのぼり、テツは私に顔だけ見せている。私はふとんの中にもぐりこんだ。

テツの左頰がうっすら赤い。夕食のとき、私がつねったからだ。どうしてつねったかなんて忘れてしまった。たぶんいつもみたいに、ごはんをぐずぐず食べていたり、くだらない質問ばかりしていたからだと思う。ほかに理由なんかない。あるわけない。私があんな目にあったのだって、テツが悪いわけじゃない。

テツはいつもそうだ。私がはっきりしない理由でいじめたって、その十分後には「おねえちゃん、遊びにいこう」なんて言う。「おねえちゃん、このシュークリーム半分こしよう」なんて言う。

「ねえ行こうよ、早起きして。おばさんは朝も来るって言ったよ」

私はテツに背中を向けた。「おばさんおばさんって、うるさいなあ」

「おねえちゃん、どしたの」天使みたいなテツの声。「何かあったの」

「あのおばさんの子供にでもなれば」

「おねえちゃん、おばさんがきらいなの」

「きらい」

「どうして」

「きらいなものはきらいなの」私は声を大きくした。「あんたはあのおばさんと、きたないのら猫にエサでもやってればいいじゃない。死んだ猫を見つけるとか言って、エサやってるなんて笑っちゃう」

テツは黙《だま》って梯子をおりると、電気を消した。そのときは、自分がどんなにひどいことを言ってしまったかということに、私は気づいていなかった。

みんなが私を追いかけてる。先頭にいるのは、にやにや顔のあいつ。ノグチもいる。同じクラスだったクミちゃんもいる。

ミツケタゾ、怪物ガアソコニイル……！

ちがうちがうと私は言おうとするんだけれど、声はひどくゆがんだ叫《さけ》び声になってしまう。いやだ、私の声。最初はおどかしてやろうと思っただけだったのに、これがほんとの私の声になっちゃったんだ。それでも私は必死に言おうとする。ちがうちがう、私は怪物なんかじゃない……

ヘエェ、ジャアナンダッテイウンダ？

みんな、ばかにしきったみたいにさわぎまくってる。ナンダッテイウンダヨ！

私は答えられない。女の子とか中学生とか、たぶんそういうもののはずなのに、私がぴんときてないのと同じくらい、きっとみんなにもそうは見えてないんだろう。誰か、と伸ばした自分の手を見て、はっとした。あの手だ。毛深くて、ふしくれだった男の手。みんな悲鳴をあげて、クモの子を散らすみたいに逃《に》げていく。私は自分の両手をぶるぶる振《ふ》った。そうすればそのいやな手を、手袋《てぶくろ》みたいにぬいでしまえるとでもいうように。でも必死で振れば振るほど、私の手は膨《ふく》れあがって……

目がさめたとき、しばらく身動きできなかった。空気はぴんとはりつめて、ふとんの中で体をねじるようにして窓を見ると、空はどんよりした灰色だ。おそるおそる自分の手を見て、ほっとため息をついた。いつもの私の手。かんでばかりいる爪《つめ》が、肉の薄い指先にめりこんだようになっている。

頭が痛いのは、きのう雨に打たれたせいだろう。私は枕《まくら》に深く頭をうずめ、今度はおかしな夢など見ませんように、と思いながらもう一度眠《ねむ》りについた。

再び目をさますと、窓の外はあいかわらずの薄曇《うすぐも》りだ。着替《きが》えて階下《した》におりていくと、おじいちゃんが縁側《えんがわ》から声をかけた。

「卵うどんができてるよ」

「うん、今はいい」

柱時計は、一時すぎをさしている。私はしばらくの間、時計の振り子をぼんやり見ていた。きのうのことは、やっぱり夢じゃなかったんだな、と考えながら。

おーい、と呼ばれて縁側に出ると、おじいちゃんは私の顔を見もせずに、オルガンのコードを「これさしこんで」と渡《わた》した。オルガンは、ふたと正面の板がはずされて、ほこりだらけのおなかの中身を見せている。中の機械をつなぐ色とりどりの線に気をとられていたら、

「何してるんだ、早く」

せかされて、コードをさしこんだ。

おじいちゃんはスイッチを入れた。思わず息を止め、おじいちゃんの指先が鍵盤《けんばん》にふれるのを、じっと見つめる。三、二、一……

なんの音もしない。この間みたいなバリバリいう音も、何も。オルガンはどこの誰かも知らない公園の銅像みたいに、すまして黙りこんでいる。おじいちゃんは鍵盤から指を離《はな》すと、ボリュームのつまみやペダルや、あちこち動かしはじめた。私はため息をついて立ちあがり、「コード抜く？」ときいた。

タバコの煙《けむり》をもくもくとふかしながら、おじいちゃんは「うむ」とうなずいた。ひじのところのやぶけた古いセーターを着て、こわれたオルガンとにらみあっているおじいちゃんを見ていたら、私はますます気がめいってきた。

「もう中に入りなよ。風邪《かぜ》ひいたりしたら……」

「テツ、どこに行ったんだろ」

「知らない」どうせ川原かすだれ沼《ぬま》か、それともおばさんのところで空き缶《かん》でも見てるに決まってる。

「お昼も食べに帰ってこない。呼びにいってこないか」

「どこにいるか知らないのに、どうやって呼びにいくわけ?」

階段を駆《か》けあがり、ベッドにもぐりこんだ。外に出るのはいやだ、どうしても。また頭が痛い。もっと痛くなればいいのに。どんどん痛くなって、クルマにひかれたイチゴみたいにつぶれてしまえばいい。でもそんなことを考えてもいられないくらい頭は痛くなってきて、私はただ、静かにずっと眠らせてほしいとだけ思いながら、目を閉じていた。

眠りながら、「自分は今、眠っているのだな」と考えていた。私は眠りの流れの中をぷかぷか浮《う》き沈《しず》みしながら、「もっともっと」と眠った。誰かが何度か起こしにきたのはわかったけれど、金縛《かなしば》りにあったみたいに指先ひとつ動かせない。ばらばらな夢をいくつも見た気がする。ふっっと途切《とぎ》れるように、目がさめた。

窓の外がすごく明るい。いったいどうして私はこんな真っ昼間に寝《ね》てるんだろう、と思った。階下におりてコタツの部屋の日めくりを見ると、四月一日。ゆうべ晩ごはんも食べないで寝ていたんだ。どうりで足がふらふらすると思った。

縁側では、おじいちゃんがオルガンのペダルをはずしている。ペンチとドライバーをかわるがわる持ちかえては、つながっている線を切り、ネジをはずす。はずしたものをひとつひとつ雑巾《ぞうきん》でふいては、陽のあたる縁側に並べていく。譜面《ふめん》立て。ペダル。赤や黄色や緑のコード。ぷつぷつ穴の開いた背面の板も、すっかりカビをふきとられていた。

「なにしてるの。分解?」

「ああ」おじいちゃんは太った背中をちょっと伸ばした。「頭もう痛くないのか」

縁側のすみに、私はすわりこんだ。寝すぎて体に力が入らない。「大丈夫《だいじょうぶ》。テツは？」

「でかけた」メガネをはずして薄暗い部屋の中の柱時計をのぞきこみ、「今日は昼には帰ってこいって言っといたから……」

時計の針は、九時半をさしている。おじいちゃんはまたメガネをかけると、「パンがある」と、私を見た。「昼は、うどんでいいか」

「うん」

「今するか。パンがいやなら」

「まだいい」

初めての、ほんとうに春らしい日だ。風はなく、太陽の光がゆっくり体にしみこんでくる。

おじいちゃんは手を真っ赤にして、ネジまわしをぐいぐいまわしている。けれどネジはちっとも動かずに、ネジ山だけがつぶれてしまう。

「分解なんかしなくても、捨てるならいい場所知ってるけど」

ネジまわしの先をにらんだまま、おじいちゃんは何も言わない。

「川原のそば。冷蔵庫とか、バスまで捨ててあるんだよ」

「さあ、これはけっこうたいへんだ」ひとりごとのように言って、おじいちゃんはますます背中をまるめた。ネジをひとつひとつがまん強くはずす以外、とるべき道はないとでもいうように。

私はぼんやりすわりこんだまま、作業に没頭《ぼっとう》するおじいちゃんを見ていた。そしていつの間にか、前にテレビで見た北極のイヌイットの番組のことを思い出していた。大切な獲物《えもの》の毛皮も、内臓も、血も、何ひとつ無駄《むだ》にしないように解体し、わけあう人たち。画面はオットセイの血で真っ赤になっていたけれど、それを見たとき、野蛮《やばん》だとかこわいとかいうのとはちがうなと思った。氷の上にきちんと並べられた赤い肉が、きれいだと思った。

でも……どうしてそんなこと考えてるんだろう私。このオルガンを、オットセイと一緒《いっしょ》に考えるなんておかしい。だってオットセイは、役に立つし食べられる。こわれたオルガンなんかとはちがうはずだ。こわれたものや、いらないもの、役に立たないものは、捨ててしまうしかないのだ。ガラクタなんだから。ガラクタは、ガラクタでしかないんだから。

あのこわれたバスのところにいる猫たちも、やっぱり役に立たないもの、いらないものなんだろう。テツはあそこが猫捨て場になっている、と言っていた。猫は命があるから、ものとはちがう。猫を捨てるのはいけないこと。そう、そんなのはあたり前。それくらいなら私にだってわかる。だけど、猫は捨てられてしまう。おじいちゃんは、オルガンの中のスピーカーをはずしている。おじいちゃんのすることを見ていると、なぜか気分が落ち着いた。こわれたオルガンをこんなふうに扱《あつか》うことに意味があるんだろうか、とか、おじいちゃんはこんなことをして何が楽しいんだろう、とか、そういうことはわりとどうでもいいことみたいな気がしてくる。ほんとにどうでもいいかというと、よくわからない。わからないから、見ていた。日の当たる縁側にすわって、ずっと見ていた。

テツは結局、昼ごはんに戻《もど》らなかった。それどころか暗くなって雨が降りだしても、帰ってこない。おかあさんは会社から帰るなり、さがしにいってきて、と私に言った。

「いや」小さな声で、私は答えた。

「ちょっとどうしちゃったの」おかあさんはスーパーの袋を片づけている。

「行きたくない」

「その髪《かみ》。どうしちゃったのよ。ひどいじゃない」

私は前髪をひっぱった。さっき切りそろえようとして、また失敗したのだ。

「後ろだって、伸《の》びっぱなし」

「いいんだもん、これで」

「明日、美容院行ってきなさい。それからハナヤさんにもまだ行ってないんでしょ」

ハナヤさんというのは花屋さんではなくて、商店街にある洋品屋だ。中学の制服はそこで受けとることになっている。

「自分の制服でしょ。自分のことは自分でやってよ」

「制服なんかいらない」

「制服なくてどうするのよ。中学行かない気」

「行かない」

おかあさんはため息をついた。「誰《だれ》も彼《かれ》も勝手なことばっかり。なんでもあたしに押《お》しつけて」それから水道の蛇口《じゃぐち》を勢いよくひねると、「早く。テツさがしてきなさい」と言った。

だっておかあさん、外はあんなに暗いじゃない。のこのこ出ていって、またあんな目にあったらどうするのよ。そう言いたかったけれど、言えなかった。悪いのは私じゃないはずなのに、なぜかあんなことをされたのは自分のせいみたいな気がして、何も言えない。

「行くの、行かないの。どっちにするの」おかあさんは、これが最後よ、とお米をとぐ手を休めて振り返った。

「おじいちゃんが行けばいいのに」

「おじいちゃんは、今お風呂《ふろ》でしょ。あなたは行くの、行かないの」

「行くわよ」

おかあさんはそれを聞くと、くるりと背を向けてまた勢いよく水を流した。おかあさんは、私のことなんかちっとも気にかけてない。私がどうなったっていいと思ってるんだ。いつだってみんな、テツ、テツって、そればっかり。

「おかあさんは、おとうさんのことさがしてきたら。あたしはテツさがしてくるから」

シャッシャッとお米をといでいた音が途切れる。おかあさんが振り向くより先に、私は外に出た。

黒く光るアスファルトに、大粒《おおつぶ》の雨がはねかえっている。傘《かさ》の柄《え》をぎゅっとにぎりしめて、むこうから人が来るたびに、通りの反対側に渡りながら歩いた。電信柱のかげや、空き地や、留守らしい家の玄関《げんかん》先の暗闇《くらやみ》が、黒い口をぽっかり開けている。あんまり緊張《きんちょう》していたものだから、おばさんのアパートに着いたときには、膝《ひざ》のあたりから力が抜《ぬ》けそうになった。

おばさんの部屋の窓は、真っ暗だ。もう帰ってきてもいいはずの時間なのに、どうしたんだろう。雨はますますひどくなってきて、傘の中で体を小さくしていたら、ふいに「おばさんの子供になれば」と言ったことを思い出した。あんなこと。テツが気にするわけないじゃない……階段の蛍光灯《けいこうとう》がぱちぱち瞬《またた》いて、消えた。

でも私の目に映っているのは、どこか遠くに行く夜の電車だ。テツとおばさんは、向かい合わせの座席にすわって、窓の外の、星のような街のあかりを見つめている。

そうだ、あのおばさんがテツを自分の子供にしたいと思ったって、おかしくない。テツはいつだって、誰にだって、かわいいと言われてるんだから。それにテツだって、おばさんがすごく好きなんだし。おとうさんは帰ってこなくて、おかあさんはぴりぴりしてて、そこに私があんなことを言ったりしたら、もう家になんか帰りたくないって思ってもあたり前だ。もしテツが自分からおばさんについていっても、誘拐《ゆうかい》ってことになるんだろうか。誘拐なんてまさか。なに考えてるのよ。だけどあのおばさんはひとり暮らしで、のら猫にエサなんかやってる、ちょっとへんな人で……

そのとき、大きな黒いかたまりが目に入った。伸びてきた黒い腕《うで》に肩《かた》をつかまれて、私は悲鳴をあげた。

「なにびくびくしてるの。あたしよ」ガラガラ声がした。雨合羽《あまがっぱ》のフードの奥《おく》で、降りこんでくる雨に、一重《ひとえ》の目がせわしなくまばたきしている。

「おばさん……！」

一瞬《いっしゅん》止まっていた血が、体じゅうをぐるぐるまわりはじめた。大きな黒いかたまりは、ゴミ袋《ぶくろ》を雨よけにかけた自転車だった。

「どしたの。こんなとこで」

「テツ、来てるかと思って」顔が、かっと熱くなる。「こないだトモミちゃんと一緒のときから
おばさんは、ううん、と首を振《ふ》った。

会ってないよ」

昨日も今日も、おばさんのところだとばかり思っていたのに、そうじゃなかった
んだ……

「テツくん、どうかした?」アパートのひさしの下で、おばさんは雨合羽のフード
をぬいだ。目の下が、墨《すみ》でもぬったみたいに黒ずんでいる。

「おばさん、びしょぬれじゃない」私は傘をたたんで、おばさんの顔をのぞきこん
だ。

「うん、平気平気」

「猫のとこ?」

「そう」

「雨の日くらい、パスすればいいのに」

「雨だっておなかはすくでしょ」

でもその声は、なんだかぼんやりしている。ふうっとひとつ大きく息をつくと、

「そうだ」おばさんは私に笑顔を向けた。「アイスクリームがあるよ」

どうしてこの人がテツを誘拐するだなんてこと、ほんの一瞬でも考えたんだろう。

「今日は帰らなくちゃ」

私は傘をひろげると、雨の中を駆けだした。逃《に》げてるみたいに見えたかもしれないけれど、暗い道路をハネをあげるのもかまわずに走った。

4

隣《となり》のおじいさんの怒鳴《どな》り声だ。いったい何をそんなに怒鳴ってるんだろう、ずいぶん近いところにいるみたい。ぼんやり考えながら目をさますと、「うちの子じゃありません」とおかあさんの黄色い声がして、私はがばっとはね起きた。うちの玄《げん》関《かん》だ。

「お宅のぼうずにきく」おじいさんが声をはりあげた。

ベッドの下の段をのぞくと、テツは目をぱっちり開き、横になったまま鼻唄《はなうた》をうたっている。そのくせふとんの中の体は、エジプトのミイラみたいに硬直《こうちょく》してるのがわかる。

「テツ」

声をかけると鼻唄がやんだ。テツはまっすぐベッドの上を見つめている。二段ベッドだから私の寝《ね》ているベッドの下側を見ていることになるのだが、それは直径一センチくらいの穴が規則正しく並んだ板で、テツはもう何度もその穴を数えなおしていた。たしかこの間は三千二百五十六個と言ってたはずだ。でも今日は、その板を突《つ》きとおしてもっとずっと上を見ているような感じがする。

「ねえ……」まさかきのう、と言いかけると、テツはまた鼻唄をうたいはじめた。ゆうべ私がうちに帰ると、テツはもう戻《もど》っていた。どこに行ってたのよ、ときいても何も答えない。夕食も、いつものように「食べたくない」なんて言わなかった。黙《だま》ってごはんを口の中につっこみ、テーブルの古い傷をじっとにらみながら、無理やりのみこんでいた。おかあさんは黙ってごはんをよそい、やっぱり黙ってごはんをのみこんでいた。「おとうさんをさがしてきて」だなんて、あんなことを私が言ったせいだ。でも、あやまったりなんかしたくなかった。私も黙って、石みたいなごはんのかたまりを、のどの奥《おく》に押《お》しこんだ。

「この佃煮《つくだに》は、ちょっとからいね」おじいちゃんが言うと、

「いつものと同じ」おかあさんが答える。

「味が変わった。食べてみたか」

「じゃあもう買うのはよしましょう」おかあさんは佃煮を食べてみもせずに、平たい声で言った。食事の間の会話といったら、それきりだった。私たちは黙ってそれぞれの部屋にひっこみ、やがて眠《ねむ》った。そうだ、テツはひとりで、きちんと歯を磨《みが》いていた……

いそいで洋服を着て玄関におりていくと、一瞬《いっしゅん》息が止まりそうになった。おじいさんの足もとのチリトリ。その上に横たわった猫《ねこ》。死んでいるのは、一目でわかった。

「ぼうずを出しなさい。出さないなら、こっちから行く」鳥のようにやせた片足が、サンダルをぬごうとする。ちょっと待ってください、と止めようとしたおかあさんの手首を、青筋だったしみだらけのおじいさんの手が、びっくりするくらい素早《すばや》く

つかんだ。

「いたっ」

おじいさんは、手を離《はな》さない。「弟を呼んできなさい」怒《いか》りに青黒くなったおじいさんの顔が、私の目の奥にはりついた。

「トモミ、行くことないっ！」おかあさんは手をふりほどく。

反対に、おじいさんはきゅうに冷ややかな調子で「そいつを見ろ」と言った。玄関にぬぎすてられた、テツのスニーカー。泥《どろ》だらけだ。

「うちの庭に足あとが残ってんだ。塀《へい》のところから、はっきりついてる」

私はその場にしゃがみこんでしまった。ああもうだめだ……。

「見にきなさい。はっきりさせよう」

するとおかあさんは、相手になんかなってられない、といったように背中をぴんと伸《の》ばした。「へんな言いがかり、つけないでください」

おじいさんは一瞬びくりとした。おかあさんその調子、がんばって。でも、おじいさんが次に「ぼうずの父親を出せ」と言った瞬間、おかあさんは怯《おび》えた顔をした。

「父親だ」おじいさんは、おかあさんのひるんだようすを見逃《みのが》さなかった。「父親でなくちゃ、話にならん」

おかあさん、どうして。どうしてそんなことくらいで負けちゃうの。こんな卑怯《ひきょう》な手に乗っちゃだめよ。

そのとき、おじいちゃんがあらわれた。隣のおじいさんは何か言いかけたけれど、おじいちゃんは玄関にきちんと座《すわ》ると、背中を大きな山のようにまるめて頭をさげた。おかあさんも、私も、隣のおじいさんも、一瞬しんとなった。おじいちゃんはそのままの姿勢で、静かに言った。

「孫には、私からよくきいておきます。今日のところはおひきとりください」そしてゆっくり体を起こすと、「猫は置いていってくださっても……」とのんびりしているくらいの調子で相手を見あげた。

隣のおじいさんはチリトリをひっつかむと、口の中で「あたり前だ！」とだけ言って、帰っていった。

猫はきのうの雨に打たれてずぶぬれだ。黒っぽい縞《しま》模様《もよう》の毛がところどころ抜《ぬ》けおちて、ひどくきたない。のら猫だったんだろう。

「病気で死んだんだ。おじいちゃんが片づけるから」おじいちゃんはのろのろと立ちあがる。さっきの堂々とした感じは、消えてしまっていた。「さわるんじゃないよ」

おかあさんが、台所の薄暗《うすぐら》いほうをじっと見ている。振《ふ》り向くと、まだパジャマのままのテツが青白い顔をして立っていた。

「テツ?」

でもテツには、ぜんぜん聞こえてないみたいだった。まっすぐ猫だけを見つめてやってくると、はだしのまま、冷たいコンクリートの三和土《たたき》におりた。そしてすっとしゃがみこむと、その毛の抜けた、みじめな猫の死骸《しがい》を抱《だ》きしめた。やめなさい、とは言えなかった。私も、おじいちゃんも、おかあさんも。テツが泣いている。固くこわばった、ぼろぼろの猫に頬《ほお》を押しつけて、テツは叫《さけ》びたいのに声が出ない人のように口をぱくぱくさせ、あえぎながら、いつまでも泣いていた。

テツとすだれ沼《ぬま》に行き、猫を埋《う》めた。

「ここに死んでたの」

「うん」埋め終えた湿《しめ》った土の上に、テツははがれた苔《こけ》をそっとのせた。テツの真似《まね》をして、やわらかな苔をなでてみる。猫の背中をなでるのは、こんな感じかな、と思った。それから、ごめんね、と小さい声で言った。

テツはちょっと首を振ると、苔をなでていた手をひっこめ、「ぼく、おじいちゃんに、何もしてないって嘘《うそ》ついたよ」と、しゃがんだ膝《ひざ》をかかえた。テツの目は、苔やシダの緑色や、沼の水や、どんよりした空の色がぼんやりと映るだけの、くもった鏡みたいに見える。おじいちゃんはテツの嘘がわかってたんだろうか。

猫を入れた木の箱は、おじいちゃんが納戸《なんど》から出してきてくれた古いお菓子《かし》の箱だった。おじいちゃんは、泣きやんでも猫を離そうとしないテツに、「これに入れてやりなさい」と、その箱をさしだした。「テツが小さいときに好きだった、ゆずまんじゅうの箱だから」と言って。テツはしばらくぼんやりその箱を見て、やがて「ぼく、この箱おぼえてる」と目をごしごしこすった。

「おじいちゃんには言えないよ。言えるわけない」テツはそう言うと、でも嘘つくのっていやだね、すごくいやだね、とシャベルを持って立ちあがった。

天井《てんじょう》で足音がする。重々しい足音だ。みしり、みしり。きっとさっき出ていった、大きな黒猫だ。猫たちはみんな、バスの外で日向《ひなた》ぼっこをしている。私たちにバスを占領《せんりょう》されてしまったから。

べつにどちらかが言いだしたわけじゃない。ここしか思いつかなかったのだ。すだれ沼からまっすぐ家に帰りたくないのは、テツも私も同じだった。それにテツはつまずいてばかりで、歩きまわるには疲《つか》れすぎてるみたいに見えた。ゆうべ、あまり眠れなかったんだろう。

テツは後ろのシートにうずくまって、鼻唄をうたうかびんぼうゆすりをしているかだ。私はふたりがけのシートに窓を背にしてすわると、ぼんやり爪《つめ》をかんだ。隣のおじいさんは今頃《いまごろ》、いつものように庭に出て木を刈《か》りこむか、殺虫剤《さっちゅうざい》をまいているだろう。テツのことは、頭のおかしい子供だ、ぐらいにしか思ってないにちがいない。

「テツ」

「うん」

「いい？　もう家にも戻らないし、学校にも行かないの。夜になっても、ここで眠る。ずっと、キャンプみたいに」

どうしてそんなことを言いだしたのか、自分でもよくわからない。だけど言ってみると、すごくいい考えのように思えた。

テツはちょっと不思議そうな顔をして私を見て、ぱちんと大きなまばたきをひとつした。「いいよ」

お昼近くなって、ふたりで商店街まで歩いた。肉屋さんでコロッケを買い、もう少し歩いてボート池に行ってみた。バスのところは町の西はずれで川の上流にあたり、ボート池は駅をはさんで東よりの川の下流になる。かなり離れたこの二カ所に、おばさんは毎日、猫のごはんを運んでいるのだ。

ボート池も、あまりきれいなところじゃない。ボート小屋は鎖《くさり》でぐるぐる巻きにされたままだし、ボートを漕《こ》ぐには小さすぎる池も、道路が拡張されたとき狭《せま》くなってしまった池のまわりも、ゴミがたくさん散らばっている。テツとふたりでペンキのはげたベンチにすわり、まだうっすらあたたかいコロッケを、ソースもかけずにもくもくと食べた。

「考えたんだけど」

テツは黙りこんでいる。コロッケを頬張りながら、かまわず続けた。「あそこにあるガラクタ、おばさんの働いてるところに持っていったらお金くれないかな。小さいのなら、ふたりで運べるでしょ」

「そうだね……」

「ねえ、元気出しなよ」

「うん」下を向いたままうなずくと、テツはいつまでももぐもぐかんでいた最後のひと口を飲みこんだ。

「猫、どこにいるんだろう」私はあたりを見まわした。「ごはんのときしかあらわれないね」

「うん」

「ボート小屋の中かなあ」

「知らないよ」なんだかいらいらした声だった。

テツはやっぱり、猫の姿を見たくないのかもしれない。さっきだって、バスに閉じこもって自分の膝小僧《ひざこぞう》をにらんだまま、まわりを見ようともしなかったんだ……

私はテツのズボンの上の、コロッケのかすをはらった。「行こっか」

「うん」

でも、テツも私も立ち上がらない。

そのとき、ベンチの後ろの草むらから一匹《ぴき》の猫があらわれた。全身白くて、ところどころ黒い毛がまるく散っている。豆大福みたいだ。猫はまず、ぐっと身をこわばらせたテツの膝のあたりに顔を近づけた。それから鼻をひくひくさせて私の指先のにおいをかいでいると思ったら、ざらざらした舌先で人差し指を素早くなめた。

私はびっくりして手をひっこめた。

そうか、とテツが言った。「コロッケのにおいがするんだ」

「見たことない猫だね」

しいっとテツはくちびるに指を当てた。

ミイミイと、か細い声がする。鳴き声は、からまりそうな細い糸のように、くっついたり離れたりしながら聞こえてくる。

「あそこだ……！」

テツはボート小屋の裏を指さした。草の上に置かれた段ボールの中から、耳ばかり大きな白い子猫の顔がひとつ、のぞいている。

「おまえの子供なの」

足もとの猫にきくと、猫は私を見上げて、目ヤニだらけの目をしばしばさせた。

立ちあがったテツの足が、草を踏《ふ》んだ。すると子猫の頭は段ボールの中にひっこみ、次の瞬間、耳をぴんと立てた子猫が今度は三匹、段ボールのふちに顔を並べた。みんな、目と目の間がすごく離れていて、カエルみたいな顔でこっちを見ている。

テツは私に向かって目を思いきりぱちぱちさせると、そっともう一歩近づいた。とたんに、子猫たちはハーッと息を吐《は》き、頭をヘビのように揺《ゆ》らした。めいっぱい歯をむきだそうとしている。

「おこってる」テツはまた私を振り向く。

「感じ悪い。つかまえちゃえば」

「だめだよ」テツは本気で私をにらんだ。「おねえちゃん、へんなことしないでよ」

「なによ、その目は」おかあさん猫も、いやな目つきで私を見ている。「しないわよ、なんにも」

「おねえちゃん、荷物とりにいこう。ついでにミルクかなんか持ってきてやろうよ」

「荷物って」

おねえちゃんのキオクソーシツ、バスで寝《ね》るってのはどうしたんだよ。さっきまでしょんぼりしていたのが嘘みたいに、テツは口をとがらせた。

目覚まし時計、懐中《かいちゅう》電灯、動物図鑑《ずかん》、セーター、マンガ、鏡とブラシ、はさみ、貯金箱、チキンラーメン五個、ビスケットひと袋《ふくろ》、いよかん四つ、おじいちゃんののどあめひと袋。これだけつめると、テツと私のリュックはぱんぱんになった。

「もう一冊、本持っていっちゃだめ？　乗物図鑑」

「だめ。さっさとしないとおじいちゃんに見つかるわよ」

「持っていきたい」

しかたがないので、かわりに私のマンガを置いていくことにした。リュックを背負って階段をおり、裏口で靴《くつ》をはいていると、テツが私をつっつく。

「なに」

「牛乳忘れてる」

「あ、そうか」

台所にひきかえすと、さっきチキンラーメンをさがした戸棚《とだな》が開けっぱなしになっている。そっと閉めて、冷蔵庫から牛乳のパックを取り出し、洗いカゴにあったお皿を一枚つかんで裏口に戻《もど》った。

「これ持ってて。鍵《かぎ》しめるから」

ゆっくりと、音がしないように鍵をかける。抜き足さし足でおじいちゃんのいる納戸の窓の下を通り抜け、道路に出ると、ふたりで一気に駆《か》けだした。

リュックを背負ったまま、ボート池に直行した。草の上の段ボールをのぞきこむと、母猫《ねこ》は目をしばしばさせて「にゃ」と短く鳴いてから、外に出てきた。テツと私はしゃがみこみ、台所から持ってきたお皿に牛乳をつぐ。そして母猫が小さなピンク色の舌を出したりひっこめたりしながら飲むようすを、じっと見つめた。

「背中、なでてみようか」

「おねえちゃん、やってみて」

「テツ、やってよ」

緊張《きんちょう》して突《つ》っぱったテツの手は、指先までぴんと伸《の》びている。その手が背中にふれる寸前、母猫はお皿から顔をあげてこっちを見た。そしてもう一度、「にゃ」と鳴いた。

「やーめた」テツはしゃがんだ足の間に、両手をかくしてしまう。「じゃましないよ、もっと飲みなよ」

猫の舌がミルクをなめる音が、また静かに聞こえはじめる。

「さっき、あたしの指なめたでしょ。すごくざらざらしてた」

「そんなこと知ってるよ。本に、猫の舌はざらざらしてるって書いてあったもん。なんでだか知ってる？」

「知らない」

「体をなめて、毛をとかすんだって。櫛《くし》みたいに」

「へえー」

「だから毛をのみこんじゃうんだよ。雑草食べるのは、胃の中の毛を吐きだすためなんだって」

ほんとによく知ってるね、と私が感心すると、テツはきまり悪そうにもぞもぞしてから、小さめの声で言った。

「どんな感じだった？」

「うーん、ざらざらで、くすぐったいみたいな感じ」

「ふうん」

私は指先にミルクをつけて、それをテツの手のひらに落とした。ちょっとごめん、と猫からお皿をとりあげ、その鼻先にテツの手を持っていく。母猫は一度伸ばした首をひっこめ、それからまた伸ばすと、テツの手のひらのミルクのしずくを素早《すばや》くなめた。

「おねえちゃん」テツは鼻の穴をひくひくさせている。「ほんとにざらざらしてる」

「でしょ」

お皿をまたもとのところに置くと、母猫は何事もなかったようにミルクを飲み続けた。

満足した母猫は段ボールに戻り、今度は子猫たちにおっぱいをやりはじめる。子猫たちは母猫のおなかにもぐりこみ、ドキン、ドキンと息をするように、体じゅうで飲んでいる。

「捨てられたんだね、きっと」猫に聞かれては悪いと思っているみたいに、テツは声をひそめた。「子猫と一緒《いっしょ》に捨てるなんて、ひどいやつだ」

母猫はうっすら目を閉じて、気持ちよさそうにおっぱいをやっている。今にも眠《ねむ》ってしまいそうだ。

あれ、と思ったら、テツまで居眠りを始めている。膝を抱《だ》くようにしていた両手がほどけて、草の上にころんとしりもちをついたテツは、ごしごし目をこすった。

「テツ、帰ってちょっと寝ようか」

え、という顔をしてテツは私を見た。あまりごしごしこすったものだから、テツの目はまぶたが二重《ふたえ》よりもっとたくさん線が入って、へんにぱっちり見開かれている。「帰るって?」

「決まってるじゃない」

ふたり分のリュックを持って、私は立ちあがった。

燃えあがるような夕日のオレンジ色と、少しすっぱい猫のにおい。バスの中は、昼間たくわえた暖かさでいっぱいだ。テツはぐっすり眠っている。黒猫と、背中にコーヒー牛乳色の模様のある猫が、半開きの乗車口から入ってきて毛づくろいをはじめた。少し私たちに慣れたのかもしれない。

真っ正面の高速道路のむこうに、ちょうど太陽が沈《しず》んでいこうとしていた。私は運転席にすわって、ざらざらしたハンドルをにぎりしめてみた。私が太陽を見てるように、太陽も私を見てるみたい。太陽だっていつかは、ここにあるガラクタと同じように、なんの役にも立たなくなってしまうのだ。どんなに幸せな、どんなにいい人だって死んでしまうように、いつか太陽も燃えつきる。太陽は、自分でそれを知ってるんだろうか。知っててあんなに燃えてるんだろうか。

後ろから、つっかけたスニーカーをひきずる音が近づいてくる。

「うわー、まぶしい」

寝汗《ねあせ》でぴかぴかしているテツの顔も、夕日色にそまっている。

「太陽がね……」テツは大きなあくびをした。「ずーっと沈んでいって、地面のむこうに見えなくなっちゃうでしょ。そのとき一瞬《いっしゅん》だけ、ぴかって緑色の光が光るんだ」

「見たの」

「ううん。本に書いてあった」テツはいちばん前のひとりがけのシートにすわり、膝を抱《かか》えた。「建物とかないとこじゃなくちゃだめなんだって」

私たちはそのまま、沈んでいく夕日を見ていた。高速道路とそのむこうの建物に区切られた、四角な空から太陽が姿を消し、あたりが灰色にくすむ頃《ころ》まで。どこまでも続く草原の彼方《かなた》、緑色に輝《かがや》く地平線を見ている騎馬《きば》民族のきょうだいみたいに。

「おばさん、遅《おそ》いね」あんまり長いこと黙《だま》っていたので、テツの声がかすれる。ちょうど、白いものだけが特別の塗料《とりょう》をぬったみたいに浮《う》きあがって見える、そんな暗いとも明るいともつかない時間。テツの顔は、固い皮をむいた白い椎《しい》の実みたいだ。

「きっとおばさんびっくりするよね、おねえちゃんとぼくがここにいるの見たら」

猫たちはおなかをすかして、私たちの顔を見ては、鼻をふくらませたり鳴いたりしている。しかたがないのでリュックからチキンラーメンをとりだし、細かくくだいて食べさせてみることにした。においをかいで、「?」という顔をしてこちらを見る猫、そっぽを向く猫……でも結局、チキンラーメン五個は消えうせた。みんな、食べにくそうに顔を左右にふりながら、口の中でパリパリ音をたてている。

「今日は、おばさんお休みなのかな」しゃがみこんだテツは、あごを膝の上にすりつけた。

「明日は来るよ。あたしたちも、ごはんにしない？」

昼間、猫にあげた牛乳の残りをかわるがわる飲みながら、少ししけたビスケットを三枚ずつ、ゆっくりかんで食べた。

「おいしいね」

「うん」

テツは何度も、おいしいね、おいしいね、と言ってはくすくす笑っている。いよかんは半分ずつ、手に落ちるしずくもなめるようにして食べた。

「はい、おねえちゃん」テツがポケットからチューインガムをとりだした。「歯磨《はみが》きのかわり」

けれどテツは、自分でさしだしたガムをじっと見て黙りこんだ。きっと家のことを思い出したんだ。歯磨き、なんて言ったから。それでまた、あの猫のことを考えてる。私はガムの包装紙をむくと、テツの口もとに突きつけた。「ガムかむと頭がよくなるんだって」
「ほんと?」
それから私たちは、思いきりくちゃくちゃ大きな音をたててガムをかんだ。

夜になって月がのぼった。フライパンの上で焼けるのを待ってるクレープみたいな満月だ。ものかげで猫の目がいくつも光り、テツはガラクタの山の上をひょこひょこ動きまわっている。

最初、時計がこわれたのかと思った。だって、もう真夜中だとばかり思っていたのに、腕時計の針はまだ八時をさしているのだ。リュックから目覚まし時計を出して見ると、やっぱり八時。どうりで眠くないわけだ。チューインガムや靴下みたいに、時間はのびちぢみするらしい。

懐中電灯をつけて、貯金箱のお金がいくらあるか調べることにした。一円と五円玉に混じって、五百円が四つと百円が八個、十円玉は片手にずっしりある。十円玉を数えだして二十七枚までいったとき、乗車口のステップを誰《だれ》かが踏《ふ》んだ。静かに重みのかかった音に顔をあげると、おかあさんだ。

「なにしてるの、こんなとこで」

私はそのまま十円玉を数え続けようとした。二十八、二十九、三十……こうなることは、考えてないわけじゃなかったんだ。でも頭の中はごちゃごちゃで、何がなんだかわからなくなってしまった。

「どうして」私はもごもご言った。「ここだってわかったの」

「さがしてたら、田口さんちのおじさんに言われたのよ。散歩のとき、ゴミ捨て場で見たって」

「ここ……」

うん？　と問いかえした声は、とても静かだ。静かすぎる。

「ここ、ゴミ捨て場じゃないよ。ほんとは捨てちゃいけないんだよ」

ほとんど埋《う》もれている『ゴミ捨て厳禁』の立て札を、助けを求めるような気持ちで私は指さした。テツはぐらぐらするトースターの上に突っ立って、こっちを見ている。おかあさんはため息をついた。長い長いため息。

「あんたもう中学生なのよ」

そう言われても、困る。

「トモミ?」

「……うん」

「帰るよ」

「……」

「帰らないの?」

「今日は、ここにいたい」

おかあさんの顔から表情がすべり落ち、そのままおかあさんの顔そのものが水にとけるように消えてしまう。でもそんな感じがしたのは一瞬だ。そう、そんなに家がいやなの、じゃ勝手にしなさい——

おかあさんはバスからおりる。テツはおかあさんのことを見て、バスの私を見て、それからまたおかあさんのほうを見た。おかあさんはいそぎ足で土手をのぼると、土手の上の道は歩かずに、むこう側におりていってしまった。

「おねえちゃん、帰るの」テツは歩いてくると、バスのステップに立っている私を見上げた。

私は首を振《ふ》った。「テツは帰りたかったら帰っていいよ」

「おねえちゃんは」

「ここにいる」

今帰っても、みじめな気持ちになるだけだ。おかあさんには悪いけど、たとえひとりきりでも私はここにいる。そう決めたのだ。

「ねこ」

「こいぬ」

「ぬま」

「まんが」

「がす」テツはぶーっとおならみたいな音を出して笑った。

「すいか」

「からす」

「す……すいっち」

「ちんぽこ」テッはまた、自分で言ったことにぷーっと吹《ふ》きだした。「ちんぽこぽこぽこ……」体じゅうくにゃくにゃさせて笑っている。

「うるさいなあ」

「う、じゃないよ。ちんぽこだから、こ」

「こ？　じゃ、これでおしまい」私は腕《うで》時計を懐中《かいちゅう》電灯で照らした。「もう十時だよ。テツはとっくに寝る時間じゃない」

「だいじょうぶ！」

テツはちょっとおかしいんじゃないかってくらい、はしゃいでいる。おかげで、さっきおかあさんが来て後ろめたいような気分になっていたのが、すっかり吹き飛んでしまった。

「ねえ、もう少しやろうよ」

「ええっと」

「こ、だよ」

「こあら」

テツは待ってましたとばかりに、「らっこ」と答える。

「こあら」

「らっこ」

こあら、らっこ、こあら、らっこ。私たちは歌でもうたうみたいに、リズムをとって言い続ける。こあら、らっこ、こあら……

テツはもう、うれしくてたまらないというように、きゃあー、と叫《さけ》び声をあげた。

これじゃ五歳児《さいじ》並みだ。

「さあ寝るよ」セーターを出して首と肩《かた》のあたりにかけてやると、テツはひとりで、こあらっここあらっこと早口みたいに言って、目をらんらんとさせている。

「寝るからね」いちばん後ろのシートにテツを残し、私はひとつ前で、膝《ひざ》をかかえてまるくなった。

「おねえちゃん?」

すーすー寝息みたいな音をたてて、寝たふりをする。こっちをのぞきこむ気配。

それから、小さなため息。

おかあさんは、あれからどうしただろう。もうふとんに入ってるかな……ざらざらしたシートの上で、ぶるっと身震《みぶる》いした。いつの間にか、気温がすごく下がっている。

「テツ」

返事がない。テツったら、寝ちゃったのか。私は口の中でつぶやいてみる。こあら、らっこ、こあら、らっこ、こあら……

起きているのが自分だけになると、きゅうにあたりの暗闇《くらやみ》が濃《こ》くなった気がする。窓ガラス越《ご》しに空を見あげた。月はかくれて、あたりはまるで暗い水底《みなそこ》深く沈《しず》んだようだ。土手は黒々した帯となって続いている。聞こえるのは、テツの軽い寝息と高速道路の車の音。

でも、それだけじゃない。

低い、うなり声。体を固くして耳をすましていると、声は徐々《じょじょ》に大きくなり、数をふやしながら近づいてくる。突然《とつぜん》、かん高い叫び声があたりを切り裂《さ》いた。静寂《せいじゃく》。やがてまた低いうなり声がはじまると、それはさっきよりも急テンポであたりにひろがった。今や気味の悪いうなり声で、バスはすっかり囲まれている。

「テツ」手を伸ばし、ゆすぶってみる。うーん、と返事はしたものの、テツは眠《ねむ》りにすっぽりくるまれたままだ。

そのとき、乗車口の折戸がキイと鳴った。真っ黒い大きな影《かげ》が、のそり、とバスの中に入ってきた。影は背をまるめ、私たちのいる後部座席に向かってやってくる。

ゴトリ……ゴトリ……ゴトリ……

――このあいだのあの男だ――

まちがいない。きっと私たちのことを、ずっとつけていたんだ。どうしよう。どこにも逃《に》げられない。誰も助けてくれない……

黒い影が私のほうに、身をのりだした。

「いぃいやぁぁぁーっ！」

思いきり懐中電灯をふりあげたのと、「トモミか？」という声を聞いたのは、同時だった。

「おじいちゃん？」

だけど気づいたその瞬間《しゅんかん》に、おじいちゃんの頭に懐中電灯がぶつかった。おじいちゃんは頭のてっぺんをおさえて、シートにすわりこんでしまう。

「おじいちゃん、大丈夫《だいじょうぶ》?」あわてて懐中電灯をつけると、おじいちゃんはまぶしそうに顔をしかめた。

「あれー、おじいちゃん」テツが目をさまして、のんきそうに言った。

「血は出てないけど……」

「大丈夫だ」

もういいったら、というように、懐中電灯の光でおじいちゃんの頭を調べようとしていた私の腕を軽く押《お》しのける。おじいちゃんは人に「かまわれる」のが大きらいなのだ。

「すごいもんだな、ここは」

太った体をせまいシートの上でねじり、おじいちゃんがめずらしく素直《すなお》に感心している。

「あそこの四角いのは冷蔵庫、あっちにはね、トイレの便器があるんだよ。おねえちゃんたら、こないだそれ踏んじゃったんだ」

テツが目をこすりながらしゃべりはじめると、またさっきのうなり声が聞こえる。

「しいっ」

「おねえちゃん、あれなに」

　突然すさまじい声がして、ふたつの影がブリキ板の上をころがるように走り抜《ぬ》けた。猫《ねこ》だ。テツは窓を開けて身をのりだすと、「こらー、ケンカするなー！」と叫んだ。一瞬しんと静まり、奇妙《きみょう》な節をつけた高い声がまたはじまる。

「化け猫に変身しちゃうのかな」テツはいったん窓から体をひっこめると、私とおじいちゃんの顔をそわそわ見くらべた。

　おじいちゃんの横顔が、ひどく真剣《しんけん》だ。外の暗がりに目をこらしている。

「おじいちゃん？」

　おじいちゃんは、うん、と答えたものの、こちらを見ようともしない。「トモミ」

「はい」

「あのテレビ、まだ新しいんじゃないのか」

　そう言われても、私が捨てたんじゃないんだから困る。おじいちゃんのより新しいのはたしかだけど。

「おじいちゃん、おかあさんに言われて来たの？」

　おじいちゃんは、「え？」という感じで私のほうを振り向いた。「いや。おかあさんは大丈夫だよ」

「べつに。おかあさんのこと心配してるわけじゃないよ。なんでおじいちゃんが来たのかなって思っただけ」

おじいちゃんは立ちあがって前のシートにかがみこむと、よいしょ、と大きな紙てさげを持ちあげた。中から出てきたのは、ふかふかの毛布だ。

「帰れって言うかと思った」

私は毛布に抱《だ》きついた。おじいちゃんはからになった紙てさげを、きちっと折り目をつけてたたんでいる。

「あ、これ今日ほした」毛布に顔を押しあてたテツの声が、くぐもって聞こえた。

猫が夜中に奇妙な叫び声をあげるのは、結婚《けっこん》相手をさがしてるからだよ、もっとも一年じゅうってわけじゃないんだ、もうすぐ終わりになるはずだけどね。

おじいちゃんは、「ほっといてやればいいんだよ。あれが猫のデートなんだから」と、窓の外をそわそわ気にしてばかりいるテツに言った。

おじいちゃんを真ん中にはさんで、三人で一枚の毛布にくるまり、私たちは小さな声でおしゃべりをした。おじいちゃんの洋服にしみこんだタバコと、毛布の陽のにおいに包まれて。とても暖かい。

バスの中にいる猫たちは、外のさわがしいデートには興味がないのか、みんな行《ぎょう》儀《ぎ》よく眠っている。ひとりでまるまってるのもいれば、私たちみたいにかたまって「猫だんご」になってるのもいる。つい声が大きくなってしまうと、テツと私はおたがいに、「シーッ」とささやきあった。

シーッ、シーッ、シーッ……

静かな、深い息の音。今までクスクス笑ったり、ふざけてばかりいたのに、テツったらいきなり眠ってる。

「のどあめ、なめる？」なんだかしゃべることがなくなって、おじいちゃんにきいてみた。

「うん、いただこうか」

隣《となり》のシートに置いてあるリュックから袋《ふくろ》をとりだすと、あめをふたつ手のひらにのせ、また毛布にもぐりこんだ。もともとおじいちゃんのを台所から失敬してきたのだ。もちろんそうと気づかないわけはないのだけれど、おじいちゃんはとてもうれしそうにあめを口に入れた。甘くて少しからいあめを、私たちはゆっくりと口の中でころがした。

「さあ、寝るとするか」

うん、と答えたけれど眠ってしまいたくない。

「おじいちゃん」

「うん」

「夢、見ることある?」

「たまにね」

「どんな」

「おばあちゃんが出てくる」少しも考えずに、おじいちゃんは答えた。「なあんだ生きてたんじゃないかって思うと、目がさめる」

おじいちゃんは目を閉じている。

「おばあちゃん、どんなふう」

「どんなふうって、そのままだよ」

「そのままって、どんな」

「うん……まだ若い頃《ころ》だったりね」

「あたしの夢に、おばあちゃんはあんまり出てきてくれないな」

おじいちゃんも私も、ちょっと黙《だま》った。

「でもおばあちゃんが死んじゃってから、よく見る夢がある」

「こわい夢か」

「どうして」

「うん?」

「こわい夢ってわかったの」

「べつにわかったわけじゃないよ……こわい夢なのか」

「どんな怪物《かいぶつ》だかよくはわからないけど」私は肩をすくめた。「夢の中で怪物にな
っちゃうのよ」

「それは悪いやつか」

「うん」

「トモミがその悪いやつになるのか」

「うん」

「それは、困ったな」

おじいちゃんの乾《かわ》いた指先が、私の左手の甲をとんとんとたたく。やがておじいちゃんは手をひっこめ、毛布の中で姿勢を直した。ほうーっと長いため息。それから、もっともっと長い沈黙《ちんもく》。

眠ってしまったのかな、と思ったとき、ふいにおじいちゃんはしゃべりだした。

「おじいちゃんが、今のトモミとちょうど同じくらいの頃だったな。上海《シャンハイ》におじさんがいたことがあってね」

「上海って中国の」

「うん。母方のおじさんで、なかなかおもしろい人だったようだが、早死にしてしまった……そのおじさんが、上海からおじいちゃんに運動靴《うんどうぐつ》を送ってくれたんだ。あの頃の日本ではとてもお目にかかれない、素晴《すば》らしい運動靴だったよ。爪先《つまさき》にエンジ色のゴムがついていて、足に吸いつくようで、底がしっかりしてて、ほんとに飛ぶように走れた。みんなにうらやましがられたよ。ふつうの運動靴さえ持ってない子が、まだたくさんいた時代だったんだ……」

おじいちゃんたら、なんの話をしてるんだろう。おじいちゃんのざらざらした声が、夜の空気にとけていく。

「ある日、学校の下駄箱《げたばこ》に入れておいたその運動靴がなくなった」

「……盗《ぬす》まれたの？」

おじいちゃんは、うむ、とうなずいた。「おじいちゃんは、犯人に心あたりがあった。その子はおじいちゃんの運動靴を、よくじっと見つめていたんだ。それに、履《は》かせてくれってたのまれたのを、おじいちゃんは断ったことがあった。ほかの子に言われると履かせてやったのに、その子に履かれるのはいやだったんだ」

「どうして」

「さあ、どうしてかな……」

少しの間、おじいちゃんは考えた。まるできのうの出来事を振《ふ》り返るみたいに。

「その子は組の中でもとくに貧しい子で、いつもぼろぼろの上着を着てた。弁当を持ってこられないから、昼になるとどこかにいなくなった……その子は……」

お弁当持ってこれなかったのか、かわいそうに。そう私が思ったのと同時に、おじいちゃんの体がゆれて、うなずいているのがわかった。

「……その子はいつも目をぴかぴか光らせて、みんなを馬鹿《ばか》にしてるみたいな顔をしていた。ふだんは決して自分から声をかけてくるような子じゃなかった。いばってるって言われてたな。きらわれてたんだ、みんなに」

「その子がほんとに……」

私の声が少し大きくなったので、おじいちゃんは、しいっとくちびるをすぼめた。

「盗んだの、ほんとに」私は声をひそめた。

さあ、というように、おじいちゃんは首をかしげた。

「おじいちゃんは、運動靴がなくなったってさわぎになったときのその子の顔を見て、ぴんときてた。だから友だちに言ったんだ、その子が盗んだって」

「証拠《しょうこ》もないのに」

「そう、証拠もないのに。もともときらわれてる子だったから、おじいちゃんがそう言うと、みんなすぐ信じた。そしてその子は、学校に来なくなった」

いつのまにか、外の猫たちもしずまりかえっていた。おじいちゃんの体から心臓の音が、どきんどきんと伝わってくる。

「そのときの担任の先生がね、おじいちゃんを呼びだした。その子はタカシっていったんだが、おじいちゃんにタカシの家に行って学校に来るように言えって言うんだ。おまえのせいでタカシは学校に来なくなったんだぞって。おじいちゃんは、ちょっと良心が痛んでいたときだっただけに、こっちが悪者あつかいされて、よけい腹が立ったよ。先生があんなみすぼらしくて、勉強もできない子の肩《かた》を持つんだと思うと、それもくやしかった。だけど行ったんだ。その日、学校が終わってからタカシの家に。やっぱり先生の言うことは正しいと思ったからね。

「ひどいもんだったなあ、あの家は。実はさっきここに来たとき、おじいちゃんはふいにタカシのことを思い出してね。なぜだろうって思ったんだが……わかったよ、あの家を思い出したんだ。タカシの家も川原にぽつんと建ってて……しかしあれは家なんてもんじゃなかった。板切れとぼろ布を寄せ集めて、風に飛ばされないように石でおさえただけみたいなもんだった。たれさがったムシロをめくって『タカシくん、おられますか』って声をかけたら、ぼろを着て、なんだかだるそうにごろごろしている小さい子たちといっしょに、病気だったんだろうな、横になってたおかあさんらしい女の人が起きあがろうとして、それをかばうみたいに、おこった顔をしたあいつが立ちあがった。びっくりして見てたおじいちゃんを、タカシは小突《こづ》くようにして外に追いだすと、『なんね』とにらみつけた。その声には耳慣れないなまりがあって、タカシがあんまり口をきかなかったのは、そのせいだったのかもしれない。だけどおじいちゃんはそのことに、そのとき初めて気づいたんだ」

おじいちゃんは口をつぐむと、寝《ね》ているテツを起こさないように、のどの奥《おく》で押し殺したような咳《せき》をした。

「のどあめもうひとつ、出そうか」

「いや、けっこう」

「おじいちゃん、その子にあやまったの」

ああ、と言った拍子《ひょうし》に、おじいちゃんは大きく咳きこんだ。うーん、とテツが身動きする。おじいちゃんはテツの首もとの毛布を直してやりながら、また話しだす。

「あやまった。学校に来い、先生も待ってるからって言った。タカシはおじいちゃんをじっと見てる。もうこれでいいんだな、とおじいちゃんは思ったんだが、そうじゃなかった。あやまるなら、ちゃんとあやまれって言うんだ。両手をついて、あやまれって。この野郎《やろう》、と思ったけれど、頭の中に先生の顔が浮《う》かんだから、言われるままにしたよ。川原の石の上に正座して『申しわけありませんでした』って。

もっと大声で言え、なんて言うあいつの顔を見ると、目が油をひいたばかりのノミの先みたいでね。逆らったりなんか、とてもできない感じだった。

「そのとき、ムシロの奥からタカシの妹が出てきたんだ。まだ五つくらいの子だったけど、おそろしく痩《や》せてた。顔も体つきも、ふつうの人間じゃないみたいに、うすっぺらい感じなんだ。それでも目はまんまるで、地べたにすわりこんでるおじいちゃんを見て、『にいちゃんのお友だち』なんて言ってにここしてる。かわいい子だな、とおじいちゃんは思ったんだが、その子を振り返ったタカシのようすがへんだった。それでおじいちゃんは気づいたんだ。その子はぶかぶかの運動靴を履いてるじゃないか。爪先がエンジ色のゴムの運動靴を、その子が履いてたんだ」

「おじいちゃんの」

「そう」おじいちゃんはちょっとため息をついた。「タバコを吸ってもいいかな」

「どうぞ」そんなことをきかれたのは初めてなので、どぎまぎしてしまう。

おじいちゃんは、少し体を起こして毛布から両腕《りょううで》を出すと、セーターの下のシャツのポケットからとりだしたタバコを、じれったくなるくらいゆっくり吸った。話はそこで途切《とぎ》れてしまったかのようだった。火がぽうっと明るくなっておじいちゃんの角張った指を照らし、煙《けむり》がひろがっていく。ごそごそ音がして、前のほうにいた猫《ねこ》が一匹《ぴき》、バスの外へ出ていった。タバコの煙がきらいなのかもしれない。

「それで、どうしたの」

がまんできなくなって、私はきいた。座席の後ろについている灰皿を使って、おじいちゃんはていねいに火をもみ消した。吸殻《すいがら》を捨てると灰皿をきちっと閉め、両手をまた毛布の中に入れる。

「おじいちゃんは最初、運動靴しか目に入らなかったんだ。だからその女の子につかみかかって運動靴をぬがせようとしたんだが、ものすごいいやがりようでね。こんな細い子がどうしてってくらい、カメみたいに強情《ごうじょう》に体をこう、まるめてた。それでも無理にぬがせようとすると、今度はやみくもにけりあげてくる。おじいちゃんはかっとして、その子をぶった。タカシはおじいちゃんの背中にしがみついて、『やめろ、やめろ』って叫《さけ》んでる。ちくしょう、どろぼうは自分じゃないか。人に土下座なんかさせて、きたないのはそっちじゃないか……おじいちゃんはものすごくおこってた。だけど」

おじいちゃんはまたひとりで、うんうん、とうなずいた。止まってしまいそうな自分の口を、はげますみたいに。

「だけど、おじいちゃんはそのとき、その小さい女の子ばかりをせめたんだ。やるんならタカシだ。それなのに、タカシには見向きもしないで妹をぶった。どうしてだか、わかるか」

「その子が、運動靴を履いてたから？」

ちがう、とおじいちゃんは言った。

「おじいちゃんには、わかったんだ。タカシをやっつけるには、この子を痛めつけるほうがきくんだってね」

おじいちゃんはじっと私を見た。

「だからその女の子を、ぶった。ぶっただけじゃない。『おまえのにいちゃんはどろぼうだ！』って何度も叫んだ。タカシの『やめろ、やめろ』って声がだんだん泣き声になって、女の子はきゅうに足をバタバタさせるのをやめると言ったんだ。『ほんとなの、にいちゃん』って。タカシが泣いたのを見たのは、あれが最初で最後だった。その後、あいつは学校に来ないままだったからね。

「あんな後味の悪いことはなかった。なんにも知らない、小さい妹を痛めつけたりして。なぐるならタカシをなぐればよかったんだ。たかが運動靴のために、自分があんなに卑怯《ひきょう》になれるなんて思ってもみなかったよ」

おじいちゃんはまた黙りこんでしまう。

「運動靴は……」

「取り返したよ」

履けるわけがない、とでもいうように、おじいちゃんは首を振った。「ずっと下駄箱の奥に入れたままで、ある日、思いたって川に捨てにいった」

川の水に、運動靴の落ちる音が私の耳にも聞こえた。

「あんなことは二度とするまい、持ってるもので争うくらいなら何も持たずにいるんでかまわない、おじいちゃんはあれからずっと、そういうふうにやってきたんだ」

私は何も言えず、ただ体を固くしていた。おじいちゃんがそういう人だってことは、わかってる。でも、そのおじいちゃんの中にも、自分では思ってもいなかったことをしたり考えたりする何かがいるのだ。その小さな子をぶったとき、おじいちゃんは怪物だったんだろうか……もしそのことがなかったら、おじいちゃんは今のおじいちゃんとどこかちがっていたんだろうか。

「おばあちゃんが病院にいるとき」

おじいちゃんは、私の言葉の続きを待っている。

「あの機械の音、とめてほしいって思った。そんなこと思うつもりじゃなかったのに、もう死んだほうがいいって思った。そしたら……」

「トモミは何も悪いことなんかない」おじいちゃんは静かに言った。「おばあちゃんだって、それはわかってるよ」

長い間、おじいちゃんも私も口をきかなかった。私はもう自分のことでなく、子供だったおじいちゃんのことを、タカシくんのことを、タカシくんの妹のことを考えていた。おじいちゃんは、どうだったのだろう。次に口を開いたとき、おじいちゃんの声は不思議と明るかった。「トモミがもっと小さかったら、そういうふうには思わなかっただろうな」

それが病院でのことなのは、もちろんすぐにわかった。そう、たぶん、おじいちゃんの言うことはほんとうだ。そんなふうに考えたことはなかったけれど。

水の中にいるみたいに、光がゆらゆらゆれている。雲が猛《もう》スピードで流れて、やがて金色のカーテンをひるがえし、女王さまみたいな満月が全身をあらわした。

「あ、ずいぶん高いところにのぼった」

「外に出てみるか」

「うん」

テツに毛布をきちんとかけてやると、おじいちゃんは背中をまるめてせまい通路を歩きだす。

「テツ、月がすごいきれい。起きない？」

「いい、あとで食べる」妙《みょう》にはっきりした声で答えたきり、テツはぴくりともしない。

月の光の下で、ガラクタたちはみんな生きかえって今にも動きだしそうだ。バスのエンジンがかかり、扇風機《せんぷうき》がまわりだし、トースターからパンがとびだし、ラジオからはニュースが流れる。おじいちゃんと私は、歌をうたった。ふたりとも知っている曲は「月の砂漠《さばく》」しかなかったけれど、おじいちゃんが歌詞を最後までおぼえているのにはちょっとびっくりした。歌声につられたように、猫たちが調子はずれな叫び声をあげて伴奏《ばんそう》した。

それから月が傾《かたむ》いた頃《ころ》、やっと眠《ねむ》った。みんな、ぐっすり眠った。

5

ビスケットといよかんの朝ごはんを食べると、おじいちゃんは家に帰った。「猫《ねこ》の巣にされちゃかなわんからな」と言って毛布は抱《かか》えていったけれど、私たちに帰れとは言わなかった。寝不足《ねぶそく》と、せまいシートと、寒さのせいだろう、かちかちにこわばったブリキの人形みたいな足どりで、おじいちゃんは土手の上を歩いていく。その後ろ姿は、突然《とつぜん》ものすごく歳《とし》をとってしまったみたいに見えた。

「おねえちゃん」

猫がうろうろしている中で、テツがぼんやり立っている。「チキンラーメンもうないんだよね」

「……行ってみようか」

「うん、行く！」

どこに行くかも言ってないのに、テツはたちまちうれしそうな顔になった。

アパートに着くと、おばさんの自転車があの雨の夜と同じところにとめてある。すぐ出てくるだろうと思ったので、道路の向かい側で待っていた。最初に開いたのはおばさんの隣《となり》のドアで、背広姿の男の人がとびだしてきて、大いそぎで階段を駆《か》け下りた。それからいちばん奥《おく》の部屋のドアが開いて、ツナギを着て、ヘルメットをかぶった男の人が、やっぱり大いそぎで出かけていった。みんな仕事に行く時間だ。私はちょっとおとうさんのことを思い出した。さっき背広の人が私の前を駆けていったとき、起きたばかりのおとうさんと同じにおいがしたから。

でもおばさんのドアだけは、いつまでたっても開かない。テツと私はアパートの階段をのぼり、チャイムを鳴らした。一回……二回……三回。人の出てくる気配はない。

「もうでかけちゃったのかな」テツが私を見あげた。「すれちがってたりして」

「だけどずっと土手の上の道、歩いてきたんだし」

「空き缶《かん》のとこに行ってみる？　おばさんは仕事が忙《いそが》しいのかもしれない」

そうするしかないか、と階段をおりようとしたとき、ドアがきしみながら細く開いた。

「あ、あんたたち」青い花柄《はながら》のパジャマを着たおばさんは、はれぼったい目をしている。なんだまだ寝てたのか、私がそう思ったのと、テツが「おばさん、病気なの」と心配そうにきいたのは同時だった。

「いや、病気ってほどじゃないの」

そうは言うけれど、おばさんは体を前かがみにして、立っているのもつらそうだ。

「お医者さん、行った？」テツはドアの中にずんずん入っていく。

帰らないと迷惑《めいわく》だよ、と言うつもりでテツのシャツをひっぱったとき、おばさんは台所のコンロのほうに体をねじった。

「あんたたちに、たのんでいい？」

何を、ときく暇《ひま》もなかった。おばさんはビニールタイルの床《ゆか》の上にうずくまってしまう。

「おばさん？」

うん平気平気、と言いながら、おばさんの重そうにかたむいた頭は床につき、胸が大きく上下している。

あー、と風船がしぼむような声を出して、テツまでしゃがみこんでしまった。私は靴《くつ》をぬぎすて、ぐったりしたおばさんのわきに両腕《りょううで》をさしこむと、ほとんどひきずるようにして奥の部屋まで運んだ。おばさん、ふとんあっちだね、行くよ、ほらもう少し、と口が勝手にしゃべり続けた。

「テツ、かけぶとんめくって。早く」

テツは泣きそうな顔でとんできて、よろよろとふとんを持ちあげた。

横になってしばらくすると、おばさんの呼吸はしずまった。枕《まくら》もとに、タオルの入った洗面器がある。熱が続いているんだろう。台所に行って洗面器に新しい水をくみ、タオルをしぼった。

コンロの上には、この間と同じ大きなお鍋《なべ》が置いてある。中は魚のアラとキャベツを煮《に》たものでいっぱいだ。まだ温かい。私はお鍋のふたをつかんだまま、ため息をついた。

あんなに雨に打たれたのがいけなかったのだ。いくら猫のためだって、自分が病気になってしまうなんて馬鹿《ばか》げてる。おばさんひとりがいくらがんばったって、猫はやっぱり捨てられるし、『ゴミ捨て厳禁』の立て札は無視され続けるに決まってるのに。

奥の部屋に戻《もど》ると、テツが怪《あや》しい超能力者《ちょうのうりょくしゃ》みたいに、おばさんの鼻の上に手のひらをかざしていた。

「ぼく、おばさんの息が止まってもすぐわかるように見張ってるんだ。もし止まったら、すぐ人工呼吸できるように」

顔つきからすると、大真面目《おおまじめ》らしい。

「はいそこ邪魔《じゃま》なんですけど」私はテツをどかし、洗面器を置いた。額にのせるのにちょうどいい大きさにタオルをたたみながら、変な春休みだ、と思った。ついこの間、テツが熱をだして看病したと思ったら、また同じことをやってる。

「おねえちゃんたら、ぼく人工呼吸のやり方ちゃんと知ってるんだからな……あ！」

見ると、おばさんが目を開けていた。

「おばさん、大丈夫《だいじょうぶ》」

「ごめんね、迷惑かけたね」

タオルをおでこにのせると、おばさんは「ありがとう」とかすれた声で言った。

「すぐよくなるから」

「お医者さん、呼ぶ？」テツがひそひそ声で言う。

「あたしはいいの。それより……」

きゅうに起きあがろうとしたおばさんは、ゴホゴホ咳《せ》きこむ。「お鍋に……」

「うん、今見た」私は答えた。やるしかないな、と思っていた。

「猫のごはんは、あたしたちがやるから」


アパートに戻ってバケツや容器の水洗いを済ますと、もうお昼近くなっていた。おばさんは、「どうだった？」と起きあがろうとしたのだけれど、とたんに顔色が紙のようになって枕に頭をつけた。

「よく食べたよ。ぼくたちだけじゃだめかと思ったけど」

ね、おねえちゃん、うまくいったよね、とテツは私を見上げた。うん、と答えて私は畳《たたみ》にすわりこんでしまう。猫ごはんをのせた自転車は、ぐらぐらして重たくて、バスのところとボート池を往復するだけで重労働だったのだ。

「冷蔵庫にリンゴが入ってるから。よかったら、あんたたち食べて」

ふとんのそばでリンゴをむく。おばさんの包丁はうちのより大きくて、とてもよく切れる。上手にむかなくちゃ……でも果肉に食いこむシャリ、という音を、寝ているおばさんに聞かれてるような気がして緊張《きんちょう》する。あ、と思ったら、包丁の刃《は》が左の親指をかすっていた。

「ああっ、血が出てる！」

テツったら、大げさな声出さないでほしい。でもおばさんがふとんの中から、「切っちゃった？」ときいてきた声は、なんだかのんびりしているような感じだったので、ほっとした。

「大丈夫、ちょっとだけ」

「テレビの下の引出しに、バンドエイド入ってるから」

ありがとう、と言って、私は引出しを開けた。風邪《かぜ》薬や目薬や、中身だけ何度も入れ替《か》えたらしいバンドエイドの缶なんかが、きちんと整理されて入っていた。いっしょに、たぶん薬のおまけでついてきたみたいなプラスチックのうさぎの指人形が入っていた。うさぎは、「なんとなくずっとここにいるんです」という顔をしていた。「またね」とうさぎに挨拶《あいさつ》して引出しを閉め、バンドエイドを貼《は》って、リンゴの続きにとりかかった。

「ぼく、食べさせてあげる」

むき終えたリンゴの一切れを、テツはおばさんの口もとに突《つ》きつける。

「あたしはいい、食べたくないんだ」おばさんがそう言ったとたん、待ってましたとばかりにテツの声が高くなった。

「食べないんなら、注射だよ。お医者さんにふっとい注射してもらうよ」自分がしょっちゅうおかあさんに言われてるセリフだ。「ふっとーい注射を、ブスーッ！」

「テツ」

え、とテツは私のほうを向く。

「おばさんは病気なんだから……」そんなうれしそうな顔しないでよ。

でもテツのおどしが効いたのか、おばさんはリンゴをふた切れ食べた。薬を飲んで横になると、「食欲なかったけど、食べてみるもんだね。あんたたちのおかげだわ」と、くちびるをぐいっと真一文字にした。にこっとしたつもりらしい。

「おばさん、猫の夕方のごはん、あたしが作る」

「えー。おねえちゃん、作れるの？」

おばさんは枕の上で、首をちょっとかたむけた。「大丈夫？」

「うん、大丈夫」

「冷蔵庫にキャベツがふたつ。ざくざくって切ればいいから。それと、煮干しは袋《ふくろ》に半分残ってるの、ぜんぶ使って」

そうか、キャベツ切るのか。勢いで言いだしちゃったけど、そういえば調理実習以外で料理というものをしたことがなかったような気がする。「ええっと、煮干しは……」

「お鍋に水と煮干しを入れて、しばらく煮て、それからキャベツを入れる。水は多すぎないようにね。キャベツから水気が出るから」そこまで一気に言うと、苦しそうな咳がしばらく続いた。

「トモミちゃん、ほんとに大丈夫？」

「大丈夫だよ。おねえちゃん、前に一回ラーメン作ったことあった」

かなり不安な私のかわりに、テツが答えてくれた。

キャベツをきざむのに、一時間かかってしまった。ずっと包丁をにぎりしめていたので、右の手のひらがまだ突っぱっている。バンドエイドが二カ所になった左手を、私はちょっとひらひらさせてみた。おかあさん、気づいてくれないかな……

でもおかあさんは、こっちを見もしない。まあしかたないよね、と私は思う。

「ゆうべはごめんなさい」思いきってあやまると、おじいちゃんが口をごはんでいっぱいにしたまま、「よしよし」と言うようにうなずいている。

「いいのよ。楽しかった？」

だけどそれは、あんまり「いいのよ」って感じじゃない。

「おもしろかったぁ。猫《ねこ》がね、へんな声で鳴くんだよね」テツはかん高い声で、猫の真似《まね》をした。それから横目で私を見て、おかあさんを見て、もう一度私を見た。

「ぼく、もうおなかいっぱいになっちゃった……」

おかあさんはおみおつけの豆腐《とうふ》を、するりと口にすべりこませた。おこっているというのとはちがう。たたいても、つねっても、なんにも感じないよって言ってるみたい……

「言いたいことがあるなら、言ってよ」

晩ごはんが終わり、テレビの前にすわりこんだおかあさんに、私はくいさがった。

「ごめんなさいって言ってるのに」

「トモミのせいじゃないのよ」振《ふ》り返ったおかあさんの目は、真っ赤だ。「ちょっと疲《つか》れちゃって」

またテレビのほうを向いたけれど、何も見ていないのは私にもわかった。おかあさん、ものすごく落ちこんでる。

立ちあがった私に、「おやすみ」おかあさんが言った。「ゆうべは、あんまり寝《ね》てないんでしょ」

うん、おやすみなさい。私はそれだけ言うと、とぼとぼ階段をのぼった。


ボート池の三匹《びき》の子猫たちは、さっきから母猫の長いしっぽにとびついて遊んでいる。頭を低くかまえ、おしりを奇妙《きみよう》なぐあいにくねらせて狙《ねら》いをさだめると、ねずみ花火みたいな勢いでとびつくのだ。母猫はすっかり眠《ねむ》っているように見えるときも、しっぽだけはゆらゆら動かして、子供たちの遊び相手になっている。ときには他のものにとびつくこともある。たとえば蝶《ちょう》とか。でも蝶は決してつかまらない。また失敗、と私たちが笑っていると、子猫はきょとんとした顔でこっちを向き、それから今度はテツがぶらぶらさせるキーホルダーに向かって耳をぴんと立て、頭を低くする。蝶のことなんか、すっかり忘れてしまったみたいに。

「テツ、片づけるよ」ベンチに腰《こし》かけていた私は立ちあがると、猫みたいに伸《の》びをした。いつもなら、今頃《いまごろ》はまだ起きたばかりの時間だ。うーん、と手足をいっぱいに伸ばすと、体の隅《すみ》にちょっと残っていた眠気がちりぢりになって消えていく。

朝早くアパートに行ってみると、おばさんの熱はまださがっていなかった。テツとふたりで、きのう作っておいた猫ごはんを自転車に積んで、まずバスのところに行き、それからここに来たのだった。ボート池のまわりは、駅にいそぐ通勤の人たちが通り抜《ぬ》けていくから、猫も私たちもあまり落ち着かない。でも、ありがたいことに誰《だれ》も声をかけてきたりしない。みんな忙《いそが》しそうだし、見ないふりをしてやってるよ、という感じなのかもしれない。

さっき、猫が食べているのをじっと見ていたテツが、「猫ってさ、おじいちゃんのごはん食べるときと、ちょっと似てる」と言ったのには笑ってしまった。ほんとにそうだ。おじいちゃんは入れ歯の調子が悪いのか、いつも食べにくそうにしてるから。もちろん、猫ほどじゃないけど。猫たちときたら、右を向いたり左を向いたりしながらクチャクチャ音をたて、じれったくなるくらいいつまでも口を動かしているのだ。

「おねえちゃん……おねえちゃん！」

声を殺してテツが呼んでいる。

「ちょっと待って、今忙しいんだから」

回収したお皿を自転車の前カゴにのせ、なあに？　と振り向き驚《おどろ》いた。テツのコーデュロイの長ズボンの膝《ひざ》に、子猫がしがみついている。鼻のまわりの毛だけが黒くなっている、いちばん元気のいい子猫だ。私たちはその猫のことをハナグロ、と呼んでいた。

「どうしよう、じゃれてるうちに、とびついてきちゃった」

テツは「だるまさんがころんだ」でもしてるみたいに、子猫のはりついている左足をふんばっている。子猫のほうもどうしていいかわからないらしく、じっとしがみついたままだ。

そっと近づき、テツの足もとにしゃがむと、私は子猫の体を抱《だ》きあげた。やわらかな毛の下の胴《どう》はびっくりするくらい細くて、つかむのがこわいくらいだ。小さな、けれどするどい爪《つめ》が、生地《きじ》にひっかかってぱりぱりと音をたてる。爪がすべて離《はな》れてしまうと、ハナグロは私の手から逃《のが》れようともがきはじめた。

「こわくないよー」

テツが小さな声でくりかえし言いながら、耳を平たく寝かせている子猫の頭をそうっとなでた。やわらかい毛の下のふるえがだんだんおさまって、やがてゴロゴロゴロ……と喉《のど》を鳴らしているのが、私の手に伝わってきた。

「気持ちいいって言ってる」

全身の注意を指先に集めて、テツは子猫をなでている。頭にはりつくようだった猫の耳から力が抜けて、ゆっくりと内側のピンク色が顔をのぞかせる。前足をそっと指でつまみ、テツは握手《あくしゅ》するみたいに小さくゆらした。「やあ」

「あたしも」テツの真似をして、指先でハナグロと握手してみる。猫の足の裏って、へんな感じだ。かわいていて、やわらかくて、はりつめている。今までさわったどんなものともくらべられない。

ハナグロは短く鳴いた。私たちの挨拶に答えるみたいに。

「ぼくは桐木テツシだよ」

けれど、ハナグロはきゅうにもがきはじめたかと思うと、私の手をすり抜けた。そして草むらの中からこちらのようすを見ていた母猫のところに、一目散に走っていってしまった。


いったん家に帰ってから、午後は自転車に乗ってでかけた。そして近くの商店街から遠くのスーパーまで、魚屋さんを五軒《けん》ハシゴした。おばさんは毎週金曜日、その五軒の魚屋さんから魚のアラをわけてもらう約束をしていて、今日はその金曜日だったのだ。

おばさんの描《か》いてくれた地図をたよりに行ってみると、魚屋さんはみんなおばさんのことを知っていて、病気だと聞くと心配してくれた。「へえ、あの人、子供いたの？」とか「えらいねえ」なんて言われたりした。だけど、みんながそうだってわけじゃない。

「のらにやってるんだって?」

いちばん最後に行った、『魚勝』というお店のおばさんは、そう言って腕組《うでぐ》みした。カマスみたいに、顔のとんがったおばさんだ。

「のらにやるんじゃ、だめなんですか」

カマスおばさんは長靴《ながぐつ》を鳴らして私の前を横切ると、プラスチックの桶《おけ》にたまった汚《よご》れた水を、ザーッとぶちまけた。「だめってわけじゃないけどさ、こっちだってお客さんが飼ってると思うからわけてんだよ。のらに食べさせせんじゃ、捨てんのと変わんないじゃないの」

どうして捨てるのと変わらないんだか、よくわからない私はぼーっと立ってるしかなかった。でもそこに、それまで隣《となり》のコンビニをのぞいていたテツがやってきた。

「おばさん、お魚ありがとう」

なんにも知らないテツがにこにこして言ったものだから、カマスおばさんは目をぎょろぎょろさせた。

「猫って、ほんとにお魚が好きなんだよね。ぼくはあんまり好きじゃないけど。アジの干物《ひもの》はちょっとおいしいよね」

やれやれ、と首を振りながら、カマスおばさんはいったん店の奥《おく》にひっこむと、ビニールに入ったアラを持ってきてくれた。それからテツに、もうひとつビニールを渡《わた》した。中に、小さいアジの干物が二枚。わあ、と声をあげたテツが「ありがとう。ぼく、この二匹に名前つける」と言ったものだから、おばさんはまた目をぎょろぎょろさせた。

「名前はいいから、おねえちゃんと食べな。魚食べなきゃだめだよ」

アパートに帰ってから、血だらけのアラを水道の水できれいに洗い、お湯でさっと煮《に》た。

「おねえちゃん、すごい。お魚さわれるんだ」

テツがびっくりして見ている。私だって、自分でびっくりだ。

今日のごはんは、新鮮《しんせん》なアラだけ。猫たちは、やっぱり野菜と煮干しよりうれしいらしい。ウルル……と喉を鳴らして食べている。

「またいつか、いつかだけどさ、ここに泊《と》まりたいな」

リズムをとるように、バスの車体を指先ではじきながらそう言うと、テツは私を振り返った。「おかあさんがだめって言ったら、おかあさんもいっしょに泊まればいいって言おうよ」

オレンジ色のペンキでぬりかえたみたいに、バスは夕焼けにそまっている。テツも一緒《いっしょ》にそまっている。そうだね、と答えようとしたとき、後ろから声をかけられた。

「なにしてんの」

振り向くと、同じクラスだったキンコだ。キンコというのはもちろんあだ名で、ほんとうは「金子」という名字なのだが、だれもカネコくん、なんて呼んだりしない。だれかがちょっとふざけて「キンコチンコ」と呼びかけようものなら、男のくせにすぐベソベソ泣く。そのキンコが、妙に用心深そうに細い目をチロチロ動かして、バケツを積んだ自転車や、バスや、猫ごはんの容器なんかを見てる。

「ねえ、なにしてんの。こんなとこで」

キンコは土手をおりきって、こちらに近づいてきた。

べつに……と言おうとしたとき、キンコの腕の中にいた白い巻き毛の犬がキャンキャン吠《ほ》えだした。キンコは犬を下におろし、金色の金具のついた赤い革紐《かわひも》をはずした。犬はガラクタの山に駆《か》け上がってくるほどの勇気はないらしく、神経質そうに鳴いてはくるくる同じところばかり走っている。食事途中《とちゅう》の猫たちは、ちりぢりになって逃《に》げてしまった。テツも「あーっ」と叫《さけ》び声をあげながら、猫ごはんの容器を両手に持ち、横倒《よこだお》しになった冷蔵庫のむこうに行ってしまった。

「あれ、キミんとこの弟?」

「そうだけど」

キンコはバケツを気味悪そうに見ると、「ねえ、なにしてたの」と、またきいてきた。キンコはいつもそうだ。こうやってあれこれさぐっては、こそこそ告げ口したり噂《うわさ》をばらまいたりする。

困ったなあ、なんとか追い払《はら》う手はないかしら……と思っていたら、目ヤニだらけのトラ猫が、私の足にごわごわの毛をすり寄せてきた。

「わー、きったない猫」キンコは後ずさりして、「だいじょぶなの?」とへんな顔をして私を見た。笑いだしたいのをがまんしてるみたいな顔だ。

「平気だよ」私はもごもご言った。たしかにこの猫はきたない。

ふうん、と疑わしそうに言ったキンコの声に、その特大のトラ猫が「フウゥーン」と答えると、キンコはまた半歩さがった。「ここ、のら猫いっぱいいるね」

「そうみたいね」わかってるなら、さっさとそのバカ犬をつないでよ。

「こっちのほう初めて来たけど」キンコはくちびるを突《つ》きだし、考え深いふりでもしてるみたいに眉毛《まゆげ》を寄せた。「こういうのってさ、エサあげる人がいるからいけないんだって。うちのおかあさんが言ってた」

「こういうのって。猫のこと?」

「そう」

「キンコチンコ。あんたバカじゃないの」

キンコは一瞬《いっしゅん》ぎくりとして、それからますますさぐるような目つきになった。

「ここに猫を捨てにくる人がいるのよ。いけないのは、そういう人に決まってるじゃない」

だって、とキンコは真っ白なポロシャツのえりを、なんとなく気取った感じでひっぱった。「エサがあると思うから、捨てる人もいるんじゃないの」

私は一瞬、何か聞きちがいをしたのかと思った。エサがあるから、捨てる人もいる?

「おかあさんがそう言ってたよ。エサやるから猫がたまるでしょ。猫がたまると、じゃあそこなら捨ててもいいかなって……」

「キンコチンコ」

「やめてよ、そう呼ぶの」

「キ・ン・コ・チ・ン・コ」私は口を大きく開け、はっきり発音した。「あんたは食べ物のあるとこなら、猫を捨てるわけね」

「そんなことしないよ。うちはおとうさんが猫きらいだから飼わないもん」キンコはぼっちゃん刈《が》りのアタマを、せわしなく振《ふ》った。こいつ、ほんとになに考えてんだろ。目がサンカクになってるのが、鏡を見なくてもわかる。

キンコは私と目が合うと、なんだかそわそわとまわりを見まわし、「ルルー!」と間抜けな声で犬を呼んだ。

「じゃあ……」白い犬を抱いて後ずさりすると、キンコはもたもた土手をのぼりはじめる。

「待ちなさいよ。じゃあ、飢《う》え死にしろって言うの? それとも毒ガスでも持ってくる?」

ぼくわかんないよ知らないよ、とキンコはきゅうに泣きだしそうな声になった。

「だけど、こういうとこの猫《ねこ》はきたないんだって。さわると病気になるっておかあさんが……」

私の足もとで、特大トラ猫はせっせとおしりをなめている。私はそいつをさっと抱《かか》え上げた。わきの下をつかまれて、猫の胴が信じられないくらい長く、ぶらーんと伸《の》びた。

「うわーっ！」

キンコは目をむき、恐怖に顔をひきつらせた。

「待ちなさいよ！　ほんとに病気になるかどうか、さわってみなさいよ！」

長くなった猫を頭上にかかげ、私は土手に突進《とっしん》した。

「いやだー！」逃げだすキンコの腕の中で、犬が興奮してキャンキャン鳴いた。

土手の上で豆粒《まめつぶ》みたいに小さくなって、それでもまだキンコは走っている。脚《あし》を猛烈《もうれつ》にばたばたさせはじめた猫は、私の手からひらりと地面に着地した。しきりに目をしばしばさせてから、私をじろりとにらむ。

「ごめんごめん」

ぶるぶるっと体をふるわせ、トラ猫は一瞬、全身の毛をさかだてた。その毛がもとに戻《もど》ると、後はもう何事もなかったように前足をなめている。

「すごい重かったー。も一度やってみようか」

するとそいつは背中をヘビみたいにくねらせて、のそりのそりと歩いていってしまった。

テツの目は、さっきから寄り目になりっぱなしだ。

「読めないんなら、あたしに貸して」

「いい」テツは手を伸ばした私に背中を向けると、うーん、とうなり声をあげた。

「三十七度二分」

ようやく大きな声でそう読みあげ、テツははーっと息をついた。「だいぶ熱、さがったね」

体重計の数字でも読まれたみたいに、おばさんはきまり悪そうにうなずく。

おばさんが熱を出して四日目だ。体温計を振りながら、ということはバスで寝《ね》た日から一週間もたってないのか、と思った。もっと前のことみたいに感じる。

「ほんとにありがとう」おばさんは深々と頭をさげた。それからきゅうに、両手をぱん、とすごく大きな音でたたくと、熱のせいで白っぽくかさかさになった顔の皮膚《ひふ》を、手のひらで猛然とこすりだした。「よーし、元気出てきたっ！」

でもトイレに立つと、おばさんはまだちょっと酔《よ》っぱらったおじさんみたいにふらつくのだ。

お昼は、おばさんのところで私が卵うどんを作った。インスタントのうどんに卵を落としただけだし（ついでに卵のカラもすこし入ってしまった）、ネギは切り方が大きくてちょっとからい。でも日あたりのいい部屋で、こうやって三人で食事をして、おまけに食べているのが自分の作ったものだというのは、とてもいい気分だ。

私は猫のごはんも、うどんも作れる。たったそれだけのことで、世界じゅうどこへ行っても生きていけるような気がする。

「おばさん、猫ってクシャミするんだよ。あくびとか、セキもする」うどんのつゆを最後まで飲んでしまうと、テツが言った。「それにさ、猫によって鳴き方がいろいろちがう。『エー、エー』って鳴くのもいるし、『アーン、アーン』ってごはんをせがむやつもいるんだよ」

「知ってる、知ってる」おばさんの声が、にわかに活気づく。「『アーン』ってのは、茶トラでしょ」

「そう！ あいつ、すごく遠くから、大きな声で『アーン、アーン』って寄ってくるくせに、すぐごはんを食べないで、必ずバリバリってそこらへんで爪《つめ》をとぐんだ。といでるうちに、ほかの猫が食べはじめちゃうんだよ」テツは、鼻水をセーターのそで口でぬぐった。「うどんを食べると鼻水が出るのは、どうしてだろ。後で本で調べてみよう」

「あれって、ごはんがあんまりうれしくて、ちょっと緊張《きんちょう》しちゃうんじゃないかな。それでバリバリやってるような気がする」

私が言うと、おばさんは何かしみじみした顔になった。

「たしかに、うれしすぎて緊張するってあるんだよ。ときめきっていうのかねえ。あたしなんか、もうそんなこと忘れちゃったよ」四角い顔に埋《う》もれそうな小さな目が、遠いところを見ている。

テツと私は顔を見合わせた。

「おねえちゃん、この体温計こわれてない?」テツが小さい声で言った。「おばさんの熱、まだ高そうだよ」

やあ。

声をかけられて振り向くと、玄関《げんかん》のところにハナグロがいる。青い半ズボンをはいて、後ろ足でちょこんと立っている。「やあ、トモミちゃん。こんにちは」

口をきいてる? 猫が? ハナグロは、そのちょっとだけ黒い毛のはえている鼻先をひくひくさせた。「あんまりじっと見ないでよ、かゆくなるから。あがってもいい?」

どうぞ、と私はあわてて言った。

「ふーん。なかなかきれいにしているね」ハナグロは台所のビニールタイルに立って、あたりを見まわしている。そりかえらせた胸のところの毛が、全体の毛よりも少しだけ長くて上を向いているのは、いつもと同じだ。

「トモミちゃん」

「トモミちゃんは、ここが好きだね」

「うん」

「うん、好きだよ」

「もう、おうちには帰らないんでしょ」

え、と思って目がさめた。私はおばさんの台所の椅子《いす》に腰《こし》かけて、お鍋《なべ》にお湯が沸《わ》くのを待ちながら、おでこを冷蔵庫にくっつけて眠《ねむ》っていたのだ。

台所は湯気でいっぱいになっている。テツはどこに行っちゃったんだろ。コンロの火を止めて振り返ると、おばさんは私に背を向けて眠っている。きつくパーマをかけた頭を胸にうずめるように、体をまるめて。なんだかテツの寝相に似ている。

あれからおばさんの熱は、また少しあがった。今日の夕方でかけるのは無理だろうな、と思いながら、私は家の中を見まわした。私はここが好きだ。いつもきちんと片づいていて、日あたりがよくて、大事に使われてきた気持ちのいい部屋。ぴかぴかにみがかれたお鍋とコンロ。くりかえし洗われ、アイロンをあてられたシーツ。整理された冷蔵庫。洗面台に置かれた、白いセッケン。ここにいれば、何も悪いことは起こらないような気がする。何ひとつ、足りないものなんかないような気がする。おばさんと、テツと、猫たちと、私。それだけが、世界のすべてだ。

でも、どうしてあんな夢を見たんだろう。もちろん私は、毎日ちゃんとうちに帰ってる。だけど「もう、おうちには帰らないんでしょ」って言われたとき、すごく、どきりとした。きかれたくないことを、きかれたみたいに。

音をたてないようにそっと歩き、簞笥《たんす》の上の小さな写真立ての前に行った。その写真には、たぶんテツより少し歳上《としうえ》の、青い半ズボンをはいた男の子が写っている。どこかの家の庭だろう。大きなコデマリの木があって、花が満開だ。男の子はまぶしそうに目を細めて、すみのほうに写った屋根のひさしを見あげている。最初、私はただ上を向いているだけだと思った。でもよく見ると、そこには一匹《ぴき》の猫がいて、男の子に何か話しかけるように鳴いているのがわかった。

おばさんが寝返りをうったので、私は写真から目を離《はな》した。この男の子は誰《だれ》なんだろう。ほんとうのことを言うと、私はこの写真をとっくに見つけていたのに、見ないふりをしていた。テツは背が低いから気づかないのをいいことに、テツにも話さなかった。

私はおばさんのことを何も知らない。どうして猫にごはんをあげるのか、家族はいないのか、そんなことを何も知らない。私がおばさんのことで知っているのは、おばさんはリンゴが好きで、牛乳がきらいなこと。おばさんの名前がササキノリエっていうこと。これは、水道料金のお知らせを見たから。アパートのドアには201とだけあって、表札はかかっていない。それからもうひとつ。ときどき寝言で「よっちゃん、ごめんね」と言うこと。

それを聞いたとき、なんだか落ち着かない気持ちになった。私はおばさんが好きだけど、ほんとうは、おばさんのことを知りたくなんかないのかもしれない。おばさんには、テツと私の知っている、猫にごはんをあげるおばさんだけでいてほしい、そんなことを心のどこかでのぞんでるのだ。でも、それってすごく勝手なことじゃないかって気がする。

私はもう一度、写真の男の子を振り返った。今はまだ、ここにいさせて。おかあさんはあいかわらず落ちこんでるし、おとうさんだって帰ってきやしない。それにおばさんの熱だって、まだあるんだし。

でも男の子は、猫のほうを見て笑っているだけだった。

「いいのかなあ、いきなり行って」

6

「もう十日も帰ってこないのよ。飢《う》え死にしてたらどうする」

翌日、おとうさんのアパートに行ってみようと言いだしたのは私だ。おとうさんが帰ってこないなら、会いにいけばいいんだ。待ってばかりいないで、帰ってきてって言ってみればいいんだ。今までどうしてそれに気づかなかったんだろう。

「おとうさん、仕事のじゃまするとき一ってなるよ」

「いいから」

私は住所を書いた紙を片手に、さっき交番できいたとおり、中古自動車の並んだ角を曲がった。フロントグラスに値段の札を貼《は》りつけ、むっつり黙《だま》りこんだ自動車たちが、通り過ぎるテッと私を見つめている。家から電車で駅五つのところなのに、ずいぶん遠いところに来たみたいな気がした。

「あ、あれだ！」

テツが指さしたのは、キャベツ畑の向こうの、古びた二階建てのアパートだ。『ひまわり荘《そう》』と筆で書いたような文字の看板がかかっている。さっきおまわりさんが、「すぐわかるよ」と言ったわけだ。真新しいマンションにはさまれて、その黄色っぽいモルタルの壁《かべ》はよく目立った。

そばに行くと、遠くで見るよりずっとみすぼらしいアパートなので、がっかりした。玄関《げんかん》のすのこの上で靴《くつ》をぬぐ。廊下《ろうか》の両側に部屋が三つずつ並んでいる。廊下のつきあたりには、階段をはさんで共同のトイレとコンロがあり、トレパン姿の男の人がこちらに背を向けて何か料理していた。トレパンが少しずり落ちて、その下のチェックの模様のパンツが見えている。アパートじゅう、油でいためるにおいでいっぱいだ。

「なんか用」そのトレパンが振《ふ》り向いた。鼻にぶあつい脱脂綿《だつしめん》をのせて、絆創膏《ばんそうこう》を貼っている。テツがその絆創膏をまじまじと見つめているので、私はあわてて「桐木って家、ありますか」ときいた。

「キリキ？」ガスを止めると、フライパンでジュウジュウいっていた音が、風船がしぼむみたいに消えていく。ずりさがったトレパンを片手で持ちあげ、「そこじゃないの」とその人はアゴでさした。「あの、大学の先生かなんかだろ？　メガネかけた」

おとうさんはメガネはかけているけれど、大学の先生じゃない。

「髪《かみ》がちょっとこう……」

トレパンは頭の上に片手をかざし、雲がわきあがるみたいなしぐさをした。髪がぼさぼさってことを言いたいのは、よくわかる。

「そうだと思います。大学の先生じゃないですけど……」

ふうん、とフライパンを持ってこっちに少し近づいた。フライパンの中身はソーセージだ。

「翻訳《ほんやく》のお仕事をしてるんです。ドイツ語を日本語に訳すんです」

「じゃ、やっぱりそこじゃないの」私のすぐ左手にある引き戸を指さすと、トレパンはスリッパをぱたんぱたんいわせて、階段をのぼっていった。「寝《ね》てるかもな。いつも夜、ずっと起きてるみたいだから」

木の引き戸にそっと手をかけてみると、鍵《かぎ》はかかっていない。細く開けてのぞくと、薄暗《うすぐら》い畳《たたみ》の上に女ものの洋服のはしっこが見えた。私はあわてて、でも音をたてないように戸を閉めた。

「ここじゃないみたい」

「ここだよ」テツは引き戸を開けようとする。その手を私はおさえた。

「ここじゃないわよ」

「どうして？」

どうして？　だって、どうしておとうさんの部屋に女の人の服があるのよ？　私は目の前が真っ暗になりそうだった。ああ、これをおかあさんが知ったらどうなっちゃうんだろう。もうおしまいだ。おとうさんとおかあさんは離婚《りこん》して、テツと私はみなし子に……

「だっておかあさん、いるよ？」

「え」

玄関のすのこの横に泥《どろ》だらけの下駄箱《げたばこ》があって、テツはそれを指さした。ベージュのパンプス。ほんとだ、おかあさんのだ。

引き戸をもう一度そっと開け、中に入った。おかあさんは両手を膝《ひざ》の間にはさんで、すうすう寝息をたてて眠《ねむ》っていた。日に焼けた畳に、スカートのすそがふわりとひろがっている。

テツは鼻の穴をひくひくさせると、「くせー」とひそひそ声で言った。「おかあさん、香水つけてる」

おかあさんは、よくここに来てるんだろうか。窓のそばに小さなすわり机があって、机のまわりは本がいっぱい積み上げられている。入口の脇《わき》の流しの足もとには、ふたつおりになったふとん。ていねいにたたんだ洗濯物《せんたくもの》が、ひとつきりのざぶとんの上に置いてあった。私はもう一度、おかあさんを見た。

おかあさんは薄い黄色のワンピースを着ている。ずっと前おとうさんが選んで買ったもので、おかあさんがこれを着るのは、みんなで外にごはんを食べにいくとか特別なときだけだ。いつもはしばっている髪も、今日はきれいにブローしている。たたんだふとんの間から毛布をひっぱりだし、かけてあげると、おかあさんは気持ちよさそうに毛布にもぐりこんだ。目をさましたのかと思ったら、規則正しい寝息が続いている。

外に出ると、それまで黙ってついてきたテツが大声を出した。「どうして。おねえちゃん、帰っちゃうの」

「今日はおかあさんにまかせとこうよ」

おかあさんだって、ケンカするつもりなら、おしゃれして洗濯物なんか届けにくるはずない。

「おとうさん、どこ行ってるんだろ。おかあさんのこと見たら、びっくりするよね」テツはアパートを振り返り、閉じた窓にむかって指でピストルを撃《う》つ真似《まね》をした。

「すぐ帰ってくるよ、きっと」もしそうでなかったら、おとうさんなんか死刑《しけい》だ。

「あーあ、男に生まれればよかった」

「どうして」テツは落ちていた何かを拾うと、キャベツ畑と道の間に立っている薬屋の看板を、それでこすりながら歩いた。

「男のほうがラクそうだもん」

「どうして」

「どうしてどうして言うんじゃないの」

行くよ、と私は駆《か》けだした。

薄暗い道路にくっきりと浮かびあがった白線の上を、テツは平均台を渡《わた》るように歩いている。電車をおりると、私たちはおばさんのアパートに向かった。今朝、足どりはまだ少し頼《たよ》りなかったけれど、おばさんは猫《ねこ》にごはんをくばっていた。今から行けば、手伝えるはずだ。

「昔ね、すごーい昔だよ。大泥棒がいてさ、そいつは真《ま》っ暗闇《くらやみ》の中だって、棒を一本持ってるだけで走れたんだって。棒を振りまわすみたいにして、ぜんぜん見えないのに、全速力で走れたんだって」

まるでその白線からそれたら死ぬと言いわたされたみたいに、テツは真剣《しんけん》な顔をしている。真っ暗闇ってどんな感じなんだろう。

「棒が一本あったら、目が見えなくたって走れるって、すごいよね」

そうだ、私だってそういう棒がほしい。でもどうやって手に入れたらいいのか、今の私にはまだぜんぜんわからない。

テツの足が止まった。向こうから近づいてくる革靴《かわぐつ》も、同じ線の上を歩いていたから。その革靴は一瞬《いっしゅん》立ち止まり、それからテツのぎりぎり近くまでそのまま歩いてくると、すいっとテツをよけて、また線の上を踏《ふ》んで歩いていった。

「おねえちゃん、どうしたの」

私はその場に凍《こお》りついたように立っていた。あいつだ。今日はレインコートみたいなのを着てるけど、まちがいない。灰色の作業服の、光る目の男。

「ねえ、どうしたんだよ」テツは私のところに後戻《あともど》りしてきた。

「なんでもない」

そのまま歩き続け、振り返ると誰《だれ》もいない。あのときと同じ。振り返ると、いなくなってた。それから雨が降りだして……

「あの人」テツも後ろを振り返り、首をかしげた。「前にも会ったよね」

びっくりして、私はテツの顔を見た。

「ねえ、会ったよね」

どこで、と言うのがせいいっぱいだった。

「雨降ったとき」テツは後ろ向きに歩きだす。「頭の毛、白髪《しらが》がいっぱいあるなあって、ぼく見てたからおぼえてる」

「見てなんか、いなかったじゃない」声がかすれた。テツなんか、ぼんやりして、何も気づかなかったくせに……

「見てたよ。ぼくほんとに……」

「見てなかった！」突然《とつぜん》、私は叫《さけ》んでいた。「だって、あいつはあたしにさわったのよ！」

色の薄いテツの瞳《ひとみ》が、宙をふわふわ漂《ただよ》っていたと思うと、見る間に暗くひきしまった。次の瞬間、テツは走りだしていた。最初それがどういうことかわからなかった私は、はっと気づくとその後を追った。

「だめっ！」後ろから抱《だ》きかかえ、おさえつける。

「離《はな》せよ！　離せったら！」

「だめっ、ぜったい行っちゃだめ！」

行ったらテツが殺されてしまう。あの男はきっと私の胸にさわったよりも素早《すばや》く、テツをばらばらにしてしまう。だってつい今しがた、その姿を見ただけで、まるであの男が薄笑いを浮《う》かべた魔術師《まじゅつし》かなんかで、黒い大きなマントをひるがえしでもしたように、私の目の前のすべてが灰色になってしまった。

「おねえちゃんは……」テツの息が切れる。「どうせかなわないと思ってるんだ。ぼくがやられると思ってるんだ」

悪いのはあの男でなく私だといわんばかりに、テツは私をにらんだ。こんなにおこったテツの顔を見るのは、初めてだった。

かぎ爪《つめ》の光る毛むくじゃらの手、死んだ猫、おかあさんの泣きはらした目、土砂《どしゃ》降《ぶ》りの雨、テツの白い顔、そびえ立つ高い塀《へい》……点滅《てんめつ》するランプのように、目の前にいろんなものが次々とあらわれた。私はそういうものを、ぜんぶこわした。身動きするたび、叫び声をあげるたび、見えるものはすべて引き裂《さ》かれるか、こなごなになるか、あるいは焼きつくされた。私は塀をこわした。橋をこわした。家をこわした。街をこわした。すごく気持ちよかった。人間を踏みつぶすと、大声で笑いたくなる。さあ、思いっきり笑ってやる！　クシャミをする前みたいに、私はそわそわした。

おねえちゃん……

そわそわに、ぷつっと穴があいた。

おねえちゃん……

テツの白っぽい顔が、私をのぞきこんでいる。「大丈夫《だいじょうぶ》？　すごい歯ぎしり」

体がカチカチに固まっている。頭の中ではまだ騒々《そうぞう》しい音が響《ひび》いていて、ふーっと息を吐《は》きだすと、おでこがずきずきした。おなじみの夢とはいえ、あんなに気持ちがよかったことはないから、かえっていやな気がする。

「バスのとこの猫たちが、おかしいんだ」口ごもりながら、テツは言った。

「おかしいって」

「みんな毛が抜《ぬ》けてきてる」

「そんなことか」今さらそんなこと。あそこの猫たちは、毛が抜けたり目ヤニが多かったり、もともとボロ猫ばっかりなのに。

「今朝おばさんと話したんだ。気になるから、帰りも寄ってみたんだけど……」

帰り、と聞いて思い出した。今日からテツは学校なんだった。

きのう、あれからテツと一緒《いっしょ》におばさんのアパートまで行き、私はおばさんに会わずにひとりで帰った。自分の部屋に入ったとたん、中学の制服が目に飛びこんできた。おかあさんが取ってきてくれたんだろう。制服を洋服箪笥《だんす》の中にかけ、ベッドにもぐりこむと、そのまま夕食も食べなかった。今朝テツがでかけていくときも、私は寝たふりをしていた。

さあ、いいかげん頭が痛いなんて言ってないで、制服を着てみなくちゃ。新しいソックスはあったっけ。入学式は明日なんだから。さんざん駄々《だだ》もこねたけど、ほんとうはわかってる。きっと私もなんとなく中学生になって、なんとなく大人になって、なんとなく……

でもどうしてだろう。へんな予感。明日の入学式、行かないような気がする……

「……ってね、おばさんも言ってる」

テツの声が途切《とぎ》れて、私ははっとした。

「おばさん、なんて」

「だから、きゅうにひどくなったって。クロもね、きのうの夕方はいたんだけど」

そういえば、クロがごはんを食べにこないときがあったんだっけ。私はおばさんがいないせいかと思ってたけど……

「顔の半分がカサカサになっちゃってた。食べ方も元気ないんだ」テツはちょっと黙《だま》った。

「ごはん、食べないの」

テツはうなずいた。

病院に連れていこうと言いかけて、そんなの無理だとすぐ気づいた。猫はあんなにたくさんいるんだし、連れていけたとしたって、あの猫たちがお医者さんの前でおとなしくしてるとは思えない。

テツは私の考えてることがわかったみたいに、「ぼく、ペットショップで薬買ってきた」と、ベッドの梯子《はしご》からおりた。机の上の紙袋《かみぶくろ》から茶色いびんをとりだし、『猫の病気一一〇番』という本を一緒に持って、また梯子をのぼってくる。本には紙がはさんであって、開くと皮膚《ひふ》病にかかった猫の写真がずらりと並んでいた。

「水にとかして、かけてやるんだ。手でじかにさわっちゃいけないって、お店のおじさんが言ってた」

「毒薬みたい」緑色のふたをしたびんの中身は、黒っぽいどろりとした液体だ。

「平気だよ。おじいちゃんに古いじょうろをもらったから」

「じょうろでかけてやるわけ」

そう、とテッツはうなずいた。「おじいちゃん、じょうろが水漏《みずも》りするからって、ハンダでなおしてくれた」

「へえ」

「すごいよね。おじいちゃんに言うと、なんでもでてくる」

テッツは本を閉じ、薬のびんを大事そうにズボンのポケットに入れた。

「これから薬持ってバスのところに行くんだ。おねえちゃんも来れるかと思ったけど……なんかだめそうだね」

「ごめん」

「アイスノン、持ってきたげようか」

「ううん、いい」

部屋を出るとき、じゃあね、とテッツは振《ふ》り返った。手を振りながら、私はテッツの顔をまっすぐ見れなかった。

テッツは、あの男に向かっていこうとした。私のために。それなのに、やっぱり今日は外に行くのがこわいのだ。頭が痛いのはうそじゃないけど、もし痛くなくたって、きっと同じだ。

額を冷たい手のひらでおさえながら、ベッドからおりる。窓から外を見おろすと、テツはもう道路に出ていた。長靴をはき、片手にゴム手袋と薬のびんを持ち、もう一方の手には水をいっぱい入れたじょうろを持って、風の中をよろよろ歩いていく。水をくめるところはどこにもないのだ。あの調子では、バスのところに着くのに三十分はかかるだろう。

振り向くと、さっきテツが出ていったドアが半開きになっている。ドアの外側の廊下《ろうか》の窓が十センチほど開いていて、そこから隣《となり》のおじいさんが植木ばさみで枝を切る音が聞こえてくる。

私はもう一度、すりきれかけたレースのカーテンごしに、冷たいガラス窓におでこを押《お》しあてた。ちょうど、テツは立ち止まったところだった。ブリキのごついじょうろをいったん地面に置き、薬とじょうろの手を持ちかえ、また歩きだす。じょうろの重さにひっぱられて、ツツツッとつんのめるような足どりだ。そして角を曲がると、キンモクセイの木のむこうに消えてしまった。

テツの背中が見えなくなったとたん、まるでどこかに見えない大きな時計があって、その秒針がコチコチ動きだしたような気がした。もうベッドに戻ったりなんかとてもできない。ほんとうは、とっくに答えはわかっていたのだ。今いちばん重大なのは猫たちが病気だってこと。このままひとりで家に閉じこもっていたって、ちっとも楽でもなければ安全でもないってこと。

「テツ、待って」

小声でつぶやき、着替《きが》えをはじめた。行かなくちゃだめだ。今日はどうしても行かなくちゃだめなんだ。

「でかけるのか」

玄関《げんかん》のところでうずくまっていると、おじいちゃんに後ろから声をかけられた。

「おい、トモミ」

「うーん」階段をおりたとたん、目の前が真っ黄色になってしまった。頭がずきずきする。

「なんだ、ひどい顔色してるじゃないか」

やっぱり無理かな、と思ったときだ。

「おばあちゃん?」びっくりして振り返った。

驚《おどろ》いたみたいな顔をして、おじいちゃんが私を見ている。その手の中に、半分くらい開いた水色の扇子《せんす》。おばあちゃんの扇子だ。

「おばあちゃんのにおいだ……」

おじいちゃんは「そうか?」といって、扇子に鼻を近づけた。「ああ、ほんとうだ。トモミは鼻がいいな」

「納戸《なんど》で見つけたの?」

おじいちゃんはうなずくと、扇子をぱたんと閉じた。「トモミにあげるよ」

「いいの?」

「うん。持ってなさい」

「これ、いつ買ったの」

さあなあ、とおじいちゃんは考えこんだ。「昔だよ、ずっと昔」

私はすごくびっくりしていた。おばあちゃんがいる、というたしかな感じ。それがあまりにも突然で、あざやかだったから。そしておばあちゃんが死んで以来、なくなってしまったとばかり思っていたその感じは、どこか遠い手の届かないところから降ってきたわけじゃなく、私の体の奥《おく》のほうからやってきたのだ。そのことに、私は何より驚いていた。

おじいちゃんは「ひどい顔してるぞ」ともう一度言った。「熱、はかったか」

「おじいちゃん、この扇子、あずかっててくれる？　今はいそいででかけたいから」

「大丈夫なのか」

「うん」

おじいちゃんは、じゃあ気をつけて行きなさい、と玄関の下駄《げた》をはいて私のために戸を開けてくれた。生暖かい風がどっと吹《ふ》きこむ。

「オルガン、もう終わった？」

「うん。あれはもう終わった」

それから私は「扇子ありがとう」と言うと、雲が猛《もう》スピードで流れていく空の下にとびだした。

風は気まぐれに吹き荒《あ》れながら、次第《しだい》に強さをましていた。突然《とつぜん》見えない壁《かべ》に行く手をふさがれたかと思うと、次の瞬間《しゅんかん》、背中を押される。前のめりになったり髪《かみ》を逆立てたりしながら、私は進んだ。

ようやくたどりついたというのに、バスのところにテツはいなかった。どこに行っちゃったんだろう。なんだか力が抜けてしゃがみこんだ私の背中で、カタリ、と音がした。振り返ると、クロだ。テツの言ったとおり、顔の地肌《じはだ》が痛々しく透《す》けている。

「クロ。薬かけてもらった？」

手を伸《の》ばすと、クロは後ずさりして声を出さずに鳴いた。口だけは鳴くようなかっこうで開けるのだが、声がまるで出ない。何度か口をぱくぱくさせ、やがてあきらめたようにバスの中に入ってしまった。

猫《ねこ》たちをなるべくおどかさないように、ものかげをそっとのぞきながら歩きまわった。ローストチキンみたいなかっこうでじっとうずくまっている猫たちは、たしかにみんな毛の抜け方がひどくなっている。ところどころ海に浮《う》かんだ島の地図みたいにピンク色の地肌が見えているのや、耳だけすっかり裸《はだか》になってしまったのもいる。それほどでもない猫も、全体にがさがさした感じだ。もっと早く気づけばよかった。

「これから毎日、薬を持ってくるからね」声に出してそう言わずにはいられなかった。

また誰《だれ》か捨てにきたんだろう、恐竜《きょうりゅう》の骨みたいなタイヤのとれてしまったバイクを見つけた。シートの上にすわりこんでいる猫も、新顔だ。誰かを呼ぶように、長く尾をひく鳴き方をしている。ゆっくり近づいていくと、猫はまるでドキドキしているみたいに目を見開き、さっと身をひるがえしてトタン板のかげにかくれてしまった。

テツったら、ほんとにどうしちゃったんだろう……

そのとき、足もとにあった何かにつまずいた。じょうろだ。古いブリキの、ごつごつしたじょうろ。手に取ってみると、内側が黒くぬれて光っている。テツにちがいない。でもどうしてこんなふうに、まるで投げ捨てたみたいに、うっちゃってるんだ？

私はきゅうに不安になった。

ボート池にもテツはいなかった。やっぱりひとりでなんか、来させるべきじゃなかった。いやな可能性が、頭の中でどんどん膨《ふく》らんでくる。テツはもう一度、あの男に会ったんじゃないか……もし、もしほんとうに会ってしまったら、テツは今度こそひとりでむかっていくだろう。私はきのうの、テツの目を思い出した。

集まってきた猫たちは、私が食べ物を持ってきたのではないとわかると、またちりぢりになっていった。ハナグロたち子猫だけが、足もとでソックスに爪《つめ》をたててじゃれている。

「テツ来た？　どうなの」抱《だ》きあげてそうきくと、ハナグロはもがいた。「教えてよ。テツが来たなら、一回鳴く。来なかったなら、二回鳴く。いい？」

けれどハナグロは鳴くかわりに、私の親指のつけ根をひっかいた。

「いたっ」

すとん、と器用に着地すると、ハナグロは走っていってしまう。赤くにじんだ細いひっかき傷を、私はしばらくぼんやり見つめ、ごしごしこすった。

そうだ、こんなに不安になるなんてどうかしてる。私ったら、やっぱりおびえているんだ。いくじなし。テツはちょっとの間、あそこにじょうろを置いて川原に遊びにいっただけかもしれないのに。

そう考えてみても、なんだかすっきりしなかった。どうしていいかわからないまま、私は歩きはじめた。きのうあの男を見たT字路にやってくると、一瞬目の奥がくらっとしたけれど、がまんして、じっと曲がり角のむこうをにらんで立っていた。やってきたのは、犬を連れたおじいさんと、和服の女の人だ。その女の人を見送ると、あとはもう、風に土埃《つちぼこり》が舞《ま》いあがっているだけだった。私はまたとぼとぼと、なんだかよそよそしい住宅街をひとりで歩いた。そしてさっきバスのところで猫たちを見たとき、ふと思い出しそうになった何かがなんだったのか、ぼんやり考えていた。

あれはテツが五歳《さい》くらいのときのことだ。テツの髪の毛は、おとうさんが電動のヘアカッターで切っていた。でもおとうさんはすごい下手くそで、テツは痛がるし、いつも虎刈《とらが》りになってしまう。あのときはいつにもましてひどかった。テツの頭は百円玉くらいのハゲが三つもできていた。おかあさんはおこって、おとうさんからへアカッターを取りあげてなんとか修正しようとしたけれど、百円玉がもうひとつふえただけだった。テツは泣きはらした目をして、すっかり抵抗《ていこう》する気もなくしてしまい、おとうさんとおかあさんが耳もとで怒鳴《どな》りあうのさえ聞こえないみたいに、ふたりのなすがままになっている。私はそんなテツを見て、きゅうに泣きだしてしまった。頭をぎざぎざのぼうずにされて、その上小突《こづ》きまわされるなんてあんまりだ。おとうさんとおかあさんは黙《だま》りこみ、テツは私に「大丈夫《だいじょうぶ》だよ」と何度も言った。泣きやまなくなってしまった私に、自分の好きだったワニのぬいぐるみを「あげる」と言ってさしだしたんだっけ。

歩きながら、ひとりでくすっと笑った。今思い出すと、なんだかおかしい。病気で毛の抜《ぬ》けた猫たちを見てこんなことを思い出すなんて、猫たちに申しわけない気もする。でも……あの頃《ころ》、おとうさんとおかあさんはときどき派手なケンカをしていたけれど、今みたいじゃなかった。

角を曲がって、うちの前の通りに入った。最初は空耳かと思った。人のうめくような、細い声。テツだ。その声が隣《となり》から聞こえてくるのだとわかったとき、私はうちの庭に駆《か》けこんだ。物干しのところに置いてある古い茶箪笥《ちゃだんす》に足をかけると、夢中で塀《へい》をよじのぼる。

一瞬、わけがわからなかった。さっきからくすぶっていた不安な気持ちが私にこんな夢を見させているんじゃないか、と思った。隣のおじいさんがテツの腕《うで》をつかみ、庭の奥の焼却炉《しょうきゃくろ》のほうへひきずっていこうとしている。「つかまえたぞ。そいつをどうするつもりだったんだ」

私はテツの腕に、ぼろ布のような猫が抱かれているのを見つけた。

「またやる気だったんだな。なんていやらしいガキだ」散歩に行くところだったんだろう。おじいさんは手に持ったステッキで猫をつっこうとし、テツは猫をかばおうと体をねじった。

私もそうだと思った。テツはまた、死んだ猫を隣に持っていこうとしてたのだと。でも、ちがった。猫はぐったりとはしていたけれど、そのとき動いたのだ。毛が抜けて、半分目を閉じたその猫は、苦しそうにテツの腕の中でもがいた。

「こいつは病気なんだよ」テツの声が裏がえった。「離《はな》してよ。すごく具合が悪いんだ。家で手当てしてやるために、連れてきたとこなんだよ」

「白状しろ。猫の死骸《しがい》を入れたのは自分だと言え」

「そんなの知らないよ」

「いいか」おじいさんはテツをゆさぶるようにして、ひきよせた。「わしは嘘《うそ》つきは許せんのだ」

そのひと言で、テツの中でカチリ、と何かのスイッチが入った。

「嘘つきは自分じゃないか！」テツの顔が、全身がゆがんだ。「ぼくがやったよ。おまえは悪いやつだから、嘘つきだから、ぼくがやったんだよ！」

「貴様……！」

青筋の浮きあがった腕が、ステッキをふりあげる。テツ、あぶない……！

どこか遠くで、ものすごい悲鳴がしたと思った。でもそれは、塀の上にまたがった私の悲鳴だった。

振《ふ》り向いたその顔を、私は死ぬまで忘れないと思う。空をさし、力をみなぎらせたステッキをにぎりしめたまま、その顔には怒《いか》りも驚きもやましさも、何もなかった。ただ少し不愉快《ふゆかい》そうな、お面をつけたような無表情に向かって、私の悲鳴は長く、長く続いた。おまえの前で今、この世でいちばんおそろしいものに生まれかわってやる……！

時間にして、それはいったいどのくらいだったのだろう。私は叫《さけ》び続けた。叫びが私の体をいっぱいにして、やがてすべてを絞《しぼ》りあげてしまうまで。

おぼえているのは、相手の目に一瞬、光が走ったことだけだ。塀の上にまたがったまま、いつのまにかぎゅっと目を閉じていた私の足首をつかんで、テツが「おねえちゃん、おねえちゃん」とゆさぶっている。テツは涙《なみだ》と鼻水でぐちゃぐちゃになった顔で私を見あげ、しゃくりあげている。ぬかるんだ土の上に、私は飛びおりた。まるでひからびた抜殻《ぬけがら》だった。ステッキを手にしたまま、庭の冷たい土の上にやせこけた老人が倒《たお》れている。

「どうしたんだろう」テツはふるえて私にしがみついた。「いきなり倒れちゃったね」

「テツ」

「うん」

「大丈夫？」

「うん」と答えて、テツはまた、わっと泣きだした。「ほんとうだよ。ぼく、うちで手当てしてやろうと思っただけなんだ。でもこいつが、ちょうど門から出てきて……」

私はテツの背中を抱きよせた。

そろそろ薄暗《うすぐら》くなってきていた。おばあさんは買い物にでも行ったんだろう、あかりはついていない。このままほおっておけば、死ぬ。たぶん、もしかしたら……そうなっても、私のせいじゃない。誰のせいでもない。こんなやつ、死んだってかまいやしない。

風が私のそばをすり抜けた。振り向くと、塀のむこうに自分の家が見える。きっと今ごろはもう、東寄りの納戸《なんど》の窓には、あかりがついているはずだ。でもここから、そのあかりは見えない。どうしてだろう、自分の家がおそろしく遠いところにあるような気がした。

私はもう一度、倒れているおじいさんを見た。自分の家を見た。突然《とつぜん》すっぽりと綿でくるまれたように心がしずまって、自分がとても危険なわかれ道にいることに気づく。もしまちがえたら、二度と帰れないわかれ道に。

帰りたい。うちに帰りたい――

桜の木に足をかけ、塀を乗りこえ、うちの物干し場に飛びおりた。膝《ひざ》を打ったけれど、痛みは感じない。物置の脇《わき》を通り抜け、裏口の扉《とびら》を開ける。靴《くつ》をぬぐ。小さい頃なら、迷子《まいご》になっても泣いていればなんとかなった。どこへ行くにも、誰かが手をひっぱってくれた。だけど今はちがう。

家の中はすっかり暗くなっていた。水の中を歩くように道のりは長かったけれど、どこにもぶつからなかったし、立ち止まることもなかった。居間の電話の前で、私は受話器をとる。そしてよく知ってはいても、初めて使う三桁《けた》の番号をダイヤルした。

「もしもし。病人です。救急車、お願いします」

住所と隣の家の名前を言い、受話器を置いた。静まりかえっていた世界中の音が、ゆっくりと戻《もど》ってくる。

そして、私は倒れた。

まるで砂漠《さばく》に置き去りにされた人が蜃気楼《しんきろう》の泉を見つけたみたいな目つきで（そうテツは言った）、私が塀《へい》のむこうに消えてしまうと、テツはもう泣くのも忘れて呆然《ぼうぜん》と突《つ》っ立っていた。それからおそるおそる、腕《うで》の中にぐったりした猫《ねこ》を抱《かか》えたまま、倒《たお》れたおじいさんを指でつついてみた。ぴくりとも動かない。もう一度つついてみようとしたとき、後ろで小さな叫《さけ》び声がした。買い物かごの中身が散らばって、おばあさんが腰《こし》を抜《ぬ》かしている。思わず駆《か》けよったテツに、おばあさんはしがみついた。そして立とうとしたのだけれど、おばあさんの小さな灰色の靴《くつ》をはいた足は泥《どろ》の上をすべるばかりで、そのうちテツまでしりもちをついてしまったのだそうだ。それから救急車が来て、おじいさんとおばあさんを乗せると、テツを置いていってしまった。

7

そういうことはぜんぶ、病院のベッドでテツから聞いた。私がかすかにおぼえているのは、電話のそばで倒れている私を抱《だ》きあげたのが、おじいちゃんだったということだけだ。私はひどい熱を出して、その夜から入院した。何も知らずに、夢さえ見ずに、こんこんと眠《ねむ》り続け、これも後から聞いたことだけれど、目をさましたのは四日目の朝だった。

その朝、見知らぬ白い部屋は金色の光でいっぱいだった。自分がいったいどこにいるのか、そんなことを考えようという気さえ起こらない。ただ、体の中を蜜《みつ》のようにやわらかな水がゆっくりとめぐっているのが心地よかった。窓の外に明るい空がひろがり、桜がいっせいに咲《さ》いている。そのまわりを踊《おど》るように飛ぶ鳥たちの声のするどさが、目ざめたばかりの体のすみずみにまで、しみわたっていく。

窓のそばの椅子《いす》で、おかあさんが眠っていた。くしゃくしゃの髪《かみ》の毛と、口紅がほんの少し残っているだけの化粧《けしよう》っ気のないおかあさんは、こっくりこっくり舟《ふね》をこいでいる。おかあさん、と呼びかけたかったけれど、声にならなかった。でも、私は満足だった。

「うちに連れてきた猫、しっぽが太いから、シッポっていう名前にした。おかあさんね、最初はだめだって言ったけど、一匹《ぴき》だけなら病気がなおるまで置いてもいいって。少し元気になったよ。がたがたふるえるくらい寒がるから、おじいちゃんに古い毛布をもらって、くるんでやってる。それから、ミルクに栄養剤《えいようざい》をとかして飲ませるといいっておじいちゃんが教えてくれたから、そうしてる。ぼくが赤ちゃんのとき、あんまりミルクを飲まないから、よくそうしたんだって。たくさんとかすとだめなんだ。シッポのやつ、においがきらいらしくて飲まなくなっちゃうから」

私はうつらうつらしながら、そんなテツの言葉がゆらめく炎《ほのお》のようなかたちになって、自分の中に流れこんでくるのを感じていた。ある日、テツは私のベッドのまわりをうろうろ歩きまわったり、ふとんにそっとさわったりしながら、ひとりごとのように言った。「猫がみんな元気になったら、おねえちゃんもよくなるんだ」

最初、私は声が出せなかった。このまましゃべれなくなるのかな、と考えたりもしたけれど、それほど不安ではなかった。おとうさんとおかあさんが、心配そうに私の顔をのぞきこんだり、いっしょうけんめいあれこれ話しかけてくれるようすが、なんだかおかしくてたまらなかった。

声が出せるようになったのは、すごくあっけないきっかけだ。夜、おとうさんとおかあさんとテツが食事をしに家に帰った後、ひょっこりおじいちゃんが病室にやってきた。おじいちゃんは、なぜ私が電話のそばで倒れていたのかとか、何もきかなかったけれど、みんな知ってたんじゃないかって気がする。家から持ってきた荷物を開けながら、おじいちゃんはふと思い出したとでもいうような調子で「お隣《となり》は帰ってきたらしいよ、今日」と言った。よかった、死ななかったんだ、と思ったら、知らないうちに涙《なみだ》が頰《ほお》の上をころがるように後から後から流れている。おじいちゃんはそんな私を見てちょっとうなずくと、枕《まくら》もとの本の上におばあちゃんの扇子《せんす》を置いた。

隣のおじいさんがもし死んでいたら、と考えると心底ぞっとする。そうならなかったのは、もしかするとおばあちゃんが天国で神様にたのんでくれたのかもしれない。人間も、猫も、生きているものはみんな、いつか死んでしまう。弱くて、頼《たよ》りなくて、潮の満ち引きする岸辺でゆれている小さな木切れみたいに、いつか、とうとう波にさらわれていってしまう。でも――

おばあちゃんは、きっと私を見ていてくれる。だって私は思い出したのだ。小さい頃《ころ》、しょっちゅう癇癪《かんしゃく》をおこして泣いてる私に、おばあちゃんは言った。「トモミはえらいよ。おなかの中にあることを、真っ正直に、ぜーんぶしゃべろうとするんだからね。だけどそれは、なかなかむずかしいことなんだよ」って。そのときは、あんまり意味がわからなくて、ずっと忘れていた。だけどあんなこと言ってくれたのは、おばあちゃんだけだったな……。

私は扇子をそっとにぎりしめた。

「リンゴでも食べるか」

おじいちゃんはベッドの脇《わき》の引出しを開けた。「えーっと、ナイフは」

「赤いてさげの中」私は小さな声で言った。

七月の半ば、期末テストの終わった土曜日。私はおばさんと、こわれたバスのところでスプリングのとびでたソファにすわって、猫たちを見ていた。

私がおばさんと猫たちに会うのは、三カ月ぶりということになる。学校に行きはじめたのは、五月になってからだった。最初の遅《おく》れを取り戻《もど》すのに必死だったし、土日はクラブの試合でつぶれてばかりだったのだ。

「ということは、がんばってるってわけだ」おばさんの顔は汗《あせ》でぴかぴかに光っている。「トモミちゃん、日に焼けたね。それにその髪型。最初、ちょっとわかんなかった」

「へんかな」頭のてっぺんの髪を、私は指先でつまんだ。「こんなに短いんだよ、ほら」

「ヘンじゃない。すごく似合う」

「それに太ったでしょ」

おばさんは、そーんなの太ったうちに入んないよ、と笑いとばした。「ちょっと女の子らしく見えるかな。よかった、よかった」

その「よかった、よかった」があんまりしみじみしていたので、私も笑った。

ほんとうにひさしぶりだ。私は真っ青な空をゆっくり進む白い飛行船を見あげた。あのときの灰色の空、強い風。何もかもがちがう。高速道路の騒音《そうおん》さえ、ちがって聞こえる。

「このソファねえ、先月だったっけな、ここに捨てられてたの。最初はどっこもこわれてなかったんだよ。うちに持ってきたかったけど、車はないし。そうこうするうち、こんなになっちゃった」おばさんはソファの裂《さ》け目《め》からとびだしたスプリングを、生地《きじ》の中に押《お》しこもうとしている。

「半分以下になっちゃったね」食後の身づくろいをしている猫たちを見ながら、私が言った。

「ひどかったよ」おばさんは小さく首を振《ふ》る。「伝染《でんせん》するからね。どうしようもなかった」

「そうか」

「テツくんね、毎日毎日だよ。あの古いじょうろ持って、重いのにね、ウンウン言いながら猫たちに薬かけてやってた。猫はいやがって逃《に》げまわるしひっかくし、たいへんだったよ」

遠くを見ているおばさんの横顔が、風に吹《ふ》かれている。

「でも猫は、毎日みたいに一匹一匹どっかにいなくなっちゃってね。ある日テツくん、じょうろ抱えたままころんじゃって、薬も水もぜんぶこぼしちゃって、泣いちゃって。そのとき、もうやめなさい、猫が死ぬのはしかたないことなんだからって、あたし言ったんだ」

「それで、テツ、どうした？」

おばさんはちょっと笑うと、「おこった」と言った。「おばさんがそんなこと言うのかよって。ぼくはあきらめないぞって」

おばさんがソファの上から手をどけると、またスプリングはとびだした。

「それからちょっとしてだったね、ぱったり病気が終わっちゃったの。なんだか台風が通りすぎたみたいだった。おそろしいもんだね。きゅうに襲《おそ》ってきて、わーっとたくさん殺して、終わりはすごくあっけないの」

波の音が聞こえるような気がした。何かを運び去り、何かを連れてやってくる、波の音が。でもそれは、高速道路の音だったかもしれない。

「おばさん、どうしようもないことってあるね」

「うん」

「だけど、テツ、がんばってよかったんだよね」

おばさんは大きく息を吸いこんだ。それからいつものガラガラ声をいっそう太くして、「どうしようもないかもしれないことのために戦うのが、勇気ってもんでしよ」と言った。

私も思いきり、息を吸いこんでみる。夏のにおいでいっぱいになった胸の中で、いつの間にか終わってしまった今年の春に、さよなら、と言った。私とテツのしたことがなんだったのか、うまく言えない。けれどあの何日か、いやになるほどテツと一緒《いっしょ》に過ごした中で出会ったいろんなことは、ぜんぶおぼえておこうと思う。誰《だれ》かが捨てたガラクタも、猫たちも、雷《かみなり》の音も、何かひとつでも欠けたら——今年の春のすべてが、ちがうものになってしまうような気がするのだ。

「うちのおとうさんとおかあさん、ケンカやめたんだ」

こんな話、おばさんにしてなかった気がする。でもおばさんは、あっさり答えてくれる。「そうなんだ」

いつかおばさんに、私のことをもっと話そう。それからおばさんの話も、聞かせてもらおう。私はおばさんのことを知りたい。あの写真の男の子のことも聞かせてほしい。でもそれは、少しずつ、だ。少しずつ、猫と仲よくなったみたいに。少しずつ、私が大人になっていくみたいに。

「明日、引《ひ》っ越《こ》すの」

「テツくんから聞いたよ。学校、バスで通うんだって、はりきってた。建て直してる間だけでしょ」

「うん、寒くなったら戻ってくる。そしたらまた、ここに来る」

「待ってるよ」

高速道路のコンクリートの橋脚《きょうきゃく》のかげから、テツが姿をあらわした。両手をぐっとこぶしにして、せいいっぱい足を高くあげて空手の蹴《け》りの練習をしている。大きな灰色の猫が、よろよろ進んでいくテツの前を歩きながら、のんびりあくびをした。シッポだ。病気はなおり、今ではずいぶん太ったけれど、シッポはすっかりうちの猫になってしまった。引っ越しするアパートにもこっそり連れていこう、とおとうさんが言っている。おとうさんとシッポは、よく一緒にごろごろしていて気が合うみたいだ。

「テツ、空手始めたんだよ。週に三回も道場に通ってる」

足を蹴り上げた拍子《ひょうし》にテツがしりもちをつくと、シッポは振り向き、短く鳴いた。テツは猫に何か言い、それからまた立ちあがり、蹴りを始めた。ゆうゆうと歩いてる猫が、空手の師匠《ししょう》みたいに見える。

「強くなるんだって」おばさんは腕組《うでぐ》みしてテツを見ている。「ま、けっこう道はけわしいね」

「それは言えるね」

「でもね、こう言うのよ。『おばさん、ぼくが強くなったら、誰にもおばさんに指一本ふれさせやしないよ』って。なに考えてるんだろうねえ、びっくりしちゃった」

なんだか胸がいっぱいになって、目をぎゅっと閉じる。まぶたの裏に真っ白い光のかたまりが浮《う》かんでいる。強く強く目を閉じて、それからぱっと目を開けたとき、空はもっと青くて、テツも、猫たちも、おばさんも、こわれたバスも、もっともっとくっきりと、明るい光にふちどられていた。

「テツったらね」私は声を大きくした。「技《わざ》の名前なら、すごいたくさん知ってる。空手の本ばっかり読んでるから」

おばさんは立ちあがり、「テツくーん。もう行くよー!」と叫《さけ》ぶと、自転車を押して土手の斜面《しゃめん》をのぼりはじめた。

川原の草むらは青々と繁《しげ》り、風の道筋を伝えていく。どこまでも、どこまでも。

鼻の頭に汗をかいた私たちの上を、つばめがすいーっと飛んでいった。

翌日、シッポの入ったバスケットを抱《かか》えたおとうさんと、おじいちゃんを乗せた引っ越しのトラックが行ってしまうと、私たちはがらんとなった家で残った麦茶を飲んだ。おかあさんとテツと私は、後からバスに乗って行くのだ。

「この家、こわしちゃうんでしょ」テツが言った。「どっか別のとこに、とっておければいいのになあ」

おかあさんはちょっと驚《おどろ》いたみたいな顔でテツを見た。それから「とっておくわよ、ちゃんと」と言って、にこっとした。

「どこに」私とテツが同時にきくと、おかあさんは、ここ、と自分の頭を指さし、

「いや、やっぱりここかな」と胸に手を当てた。

「ずーっと暮らしてきたんだもの、この家のことならすみからすみまでぜんぶわかる。もし今きゅうに目が見えなくなったって平気よ」

「じゃあ、おかあさんやってみて」

おかあさんはエプロンをくるくるとまき、それをぎゅっとしばって目かくしにした。そして立ちあがると、「ここがお風呂場《ふろば》の電気」とか「ここから階段」とか言いながら、まるで見えてるみたいに、家の中をすいすい歩きまわった。もう何もかも運びだしてしまったのに、「ここにおじいちゃんの引出し」とか、「はい、テレビでしょ」とか、まるでそこに物があって、それをなでてでもいるかのように手を動かしている。テツも私もすっかりおもしろくなって、自分の手で目かくししたり、ときどき薄目《うすめ》を開けたりしながら、おかあさんのそばで先を争って叫んだ。「ここが台所のテーブル」「ここが押入れ。上の段のここにアイロンが置いてあるんだよ」「ここが玄関《げんかん》の鍵《かぎ》をかけとくクギ」「ここがトイレの電気」「ここがテツの落書き」「ここがおばあちゃんの座椅子《ざいす》」……そうやって目をつぶって、おばあちゃんのミシンや、テツが赤ちゃんのときにすわっていた子供用の食卓《しょくたく》椅子や、もうずっと前になくなってしまった物の位置まで、私たちは次から次へと思い出した。家は私たちの声に答えるように、ときどききしんだ。

私の退院後しばらくして、新しい家の設計図ができてきた日のことだ。塀《へい》はそのままでいいの、ときいてもいいのかどうか迷っていると、おかあさんにはそれがわかったのだろう。私のことを見つめて、それからきっぱり言った。「あのことは、おかあさんもう忘れる。うちの塀はずっとここにあったんだし。トモミもそれでいい?」

大人たちの間でどんな話があったのか、私は知らない。でもそのときのおかあさんの顔を見て、もう大丈夫《だいじょうぶ》なんだな、と思った。おかあさんがいいなら、私に文句なんかあるわけない。

家の中を一周してしまうと、おかあさんの手をひいて、裏口から外に出た。レールのゆがんだ物置の戸を開けるのに私が手こずっていると、テツは物干しのほうへふらふら行ってしまった。

「物置は、よくわかんないわ。それにもう、なんにもないいんじゃないの」おかあさんは目かくしをとろうとしたけれど、私はそのままにして、とたのんだ。

物置の中はすっかり片づいていた。分解され、きちんとひもでくくられたオルガンが、もとは自転車を置いていた場所に横たわっている。

「おかあさん、しゃがんで」おかあさんの手を、オルガンのふただった板の上にそっとのせる。

「何かなぁ」おかあさんは首をかしげた。

「おかあさんのものだよ」

手のひらで何度もこすり、長さをたしかめ、やがておかあさんはにっこりした。

「オルガン」

目かくしをとると、おかあさんは音のしない鍵盤《けんばん》の上で何か弾《ひ》くように指を動かしている。

「なんの曲？」

「曲の名前は忘れたけど……」おかあさんは、小さな声でうたった。「オルガンの本にのってたの。この曲を練習してるとき、おじいちゃんが鼻唄《はなうた》でうたってたのよ。おじいちゃんが歌なんかうたうって、信じられないでしょ？バスで眠《ねむ》った夜、『月の砂漠《さばく》』をうたったのは、おじいちゃんと私の秘密だ。

「おねえちゃんおねえちゃん、ちょっと来て」テツが呼んでいる。

おかあさんは立ちあがると、「すぐ来てね。湯飲みなんかをしまったら、出るから」と裏口のほうに行った。

物干しのところで、テツは背中をこちらに向け、手の中の何かにじっと見入っている。

「なあに?」

私は隣《となり》の家に目をやった。あれから、隣のおじいさんが庭に出ているのを見たことがない。ときどきおばあさんがベランダに出て、いつもひっつめている白髪《しらが》まじりの髪《かみ》を、気が遠くなるくらいゆっくりと櫛《くし》でといている。庭の木は切られることもなく、桜の木は緑色の葉をいっぱいにつけているし、花をつけたキョウチクトウは、うちの物置の屋根の上に重たげな枝を伸《の》ばしている。

「アオキの木の下にあったんだ」テツは振《ふ》り向くと、水をすくうようにした両手をさしだした。

それは、長さが二センチほどの小さな卵だ。三つ、どれも黄色がかった色をしている。

「鳥の?」私がきくと、

「ちがうと思う。日かげの草の中にあったし、たぶん……」

そのとき、卵のひとつがぐらぐらゆれだした。テツも私も、息を殺して見つめた。

卵にひびが入り、そこから澄《す》んだ水が湧《わ》くように流れだし、やがて黒くぬれた小さなトカゲの顔がのぞいたとき、ふたりとも同時に声をあげた。声を出さずにはいられなかった。驚きと、言葉で言えない何かが、声になって私の体からあふれでた。私の中にいるのは、怪物《かいぶつ》だけじゃない。卵の殻《から》を破って今現れたトカゲの子みたいに、きっとまだ会ったことのないたくさんの私がいて、いつかそのひとりひとりと手をつなげたらいい、そう思った。

生まれたばかりのトカゲの子は、途方《とほう》に暮れたようにあたりを見回している。そっと、素早《すばや》く、テツはもう片方の手でふたをした。

「テツ、このまますだれ沼《ぬま》に連れてこうよ。うちは明日から工事なんだし」

「そうだね、あそこだったら、いいよね」テツは指の隙間《すきま》から手の中をのぞきこもうとしている。「なんて名前なのかな。あとで図鑑《ずかん》で調べてみよう」

「卵、こわさないでよ」

「わかってる」

私たちはそろそろと、手さぐりで道を進む人のように歩きはじめた。

あとがき

大人になってよかった、と思うのは、何かと再会したときだ。懐《なつ》かしい人や、町や、音楽とふたたび出会うことのよろこびは、記憶というものを大量にストックする脳を持つ人間が得た、恵み深いやさしい果実といえる。ある意味で、人間は生まれた瞬間から再会のよろこびを繰り返し味わい、そのことによって何かを学習し、自分をかたちづくってゆくものなのだろうとも思う。が、その深さは大人になれば増すというものだ。今これを読んでいる人の中には、なんかぴんとこないなあ、と思っている人もいるかもしれないけれど、そのうち「ううむ、これだったのか」となる日がきっと来るから、たのしみに待つように。

さてしかし。長い年月を隔てた再会は、偶然ならばともかく、事前にわかっている場合は多少の緊張がつきまとう。変わっちゃってたらどうしよう、とか、前はいいと思ってたけどそうじゃなかったら？　とか。あるいはもっと腰がひけるのは、相手が十年ぶりの友人だったりする場合、「(悪く)変わってしまった」と、相手から自分が思われるのではないか、という一抹の不安だ。

でもまあ、私の経験からいえば、これはほとんど杞憂《きゆう》にすぎない。前はわからなかったよさが今わかるようになることはよくあるが、前はいいと思っていたけどたいしたことなかった、ということは不思議なほど少ない。町の変化に失望することはたまにあるが、それもまた時の流れとしてこの先を見てやろうじゃないかという気を起こさせる。久方ぶりの友人に会えば、たいていはすぐに時間の隔たりなど飛び越えてしまう。それに、人というのはそうそう変わるものではないらしい。年月によって変わるとすれば、よいところはますます輝くし、ちょっとね、と思っていたところは、それがなぜだったのか輪郭をはっきり見せてくれるようになる。ようするに時に磨かれていやおうなく度が増すのであって、取り繕ったり、失望したりされたりすることに気を揉《も》んでもつまらない。

古い友だちがありがたいのは、相手の記憶の深いところに自分が組みこまれているということだと思う。会っていなかった間も、私の断片はその人の時間の中で生きていたのだと思うと不思議な気持ちになる。ある意味で、私はその人をかたちづくる要素のひとかけらになっているのだ。もちろんその人も、私の中で生き、私をかたちづくってきたわけだし、これからもそうだろう。いったいどれほどの人たちが、私の中に生きているのか。数えきれるものではない。いったいどれほどの人たちの中で、私は生きているのか。あまり数は多くないだろうけれど、意外なところで自分が居残りしているんじゃないかと想像するのは、けっこう楽しい。明日会う人はどんな人だろう、そう思うのと同じくらいに。

今回、この小説を改稿するにあたって、とりかかる前は、久しぶりの友人に会う前のような緊張があった。が、いざ手を動かしはじめると、友だちと会話しながら時間の隔たりを埋めていくように、作業は順調に進んだと思う。今の私なりの目で、友人のよいところを見つけたつもりだが、どうだろうか。

新潮社出版部の桜井京子さんにはたいへんお世話になりました。それから、猫は飼っていたけれど、この物語はすべてフィクションです。このような機会を与えられたことへの感謝の念とともに、あらためて記しておきます。

湯本香樹実

二〇〇八年四月

解説

角田光代

『春のオルガン』は、小学校を卒業したばかりの女の子、桐木《きりき》トモミの見る夢からはじまる。夢のなかで彼女は怪獣になっている。馬鹿《ばか》にされ、おそれられ、ものすごい雄叫《おたけ》びを上げる怪獣。

春休みというのは、学校に通う人たちを何ものでもなくする期間だ。一年生と二年生のあいだ。あるいは、小学生と中学生の、中学生と高校生のあいだ。小学校を卒業したときの春休み、バス賃をいくら払えばいいのか戸惑っていたことを思い出す。小学生は子ども料金だが、中学生は大人料金だったのだ。私はもう小学生ではないし、でもまだ中学生でもない、いったいどちらの料金を払えばいいのだろう。それはまさしく、春休みにしか感じ得ない、何ものでもない宙ぶらりんの感覚だった。

トモミは五人家族で暮らしている。納戸《なんど》の整理をし続ける祖父、めったに家に帰らない翻訳家の父、外で働いている母、本好きで博学の弟。この家には、それぞれの世界がそれぞれの時間をもって同時に存在している。祖父の世界、両親の、子どもたちの世界。

そしてそれらは混じり合うことがない。この小説の、揺らがないリアリティは、まずそこにあると私は思う。自分のことを思い返してみれば、たしかに実家にいるときの私は子どもの時間、子どもの世界で生きており、両親が何を話しているのか、何を考えているのかも知らなかったし、彼らが私の世界に入りこんでくることもなかった。家、というひとつの空間のなかに、いくつもの世界が、少しずつ重なりながら、でも決して混じり合わず、同時に存在していた。

トモミは、小学校を卒業したその春休み、家のなかに存在する世界の、どこに属していいのか迷っているように見える。弟、テツといっしょに属していた子どもの世界からは、もう半分足が出ている。かといって、両親の世界はそこからはるかに遠い。祖母を失った祖父の世界もまた、理解できないほどに遠い。そこから抜け出すように（もしくは追い出されるように）片足を持ち上げたものの、着地点が見つからず、バランスの悪い姿勢のまま、途方に暮れているように見える。

猫の死骸《しがい》をさがしていたテツとトモミは、近所の野良猫《のらねこ》たちに餌《えさ》をやるおばさんと知り合い、彼女といっしょに猫にごはんをあげるようになる。ところが日々はそんなに平和ではない。トモミは原因不明の頭痛に襲われ、時間がわからなくなるほど眠っては奇妙な夢を見続け、テツは塀の位置をめぐって桐木家とトラブルを起こす隣の老人を憎み、猫の死骸を隣家の庭に放置する。

トモミのこの頭痛と奇妙な夢は、まるで子どもから大人へと移行する段階の、脱皮の痛みのようである。トモミとテツは仲のいいきょうだいだが、自分たちのあいだに静かに境界線が引かれはじめていることをトモミは、言葉ではなく体で感じている。テツの、本で知識を得る世界、悪いものは悪いのだというシンプルな世界に、ひりつくほどの名残を覚えながら、トモミは、けっしてシンプルとは言い難い大人の世界への移行をはじめている。けれど頭痛や奇妙な夢の理由は、トモミのなかで確とした言葉にならない。ただもやもやした気分だけが続いている。

翻訳家の父親は、仕事場からめったに帰らず、帰ってくると母親が喧嘩《けんか》をふっかける。祖父は毎日のように納戸に入って時間を過ごしている。アパート暮らしのおばさんは毎日自転車で野良猫たちに餌をやってまわっている。隣家の老人は大声で妻を怒鳴りつけ、まちがった場所に建てた塀をずらすことを頑《かたく》なに拒む。

トモミから見れば、みんな勝手に勝手なことをしている。それぞれの世界の内にとじこもり、そこから出てこない。みんな、トモミが子どもの領域から抜け出しかけていることに気づいていない。変質者が胸をつかむくらい成長したことに、だれも気づいていない。

そして読み手である私は次第に思いはじめる。もしかしてトモミは、単に脱皮の痛みに戸惑っているだけなのではなく、ひどく重要な人生の危機にいるのではないだろうか。

生きていく時間のなかには、本人すら自覚しないような危機がいくつかあると私は思っている。それは「危機」なんて言葉が似合わないほど、さりげなく日常にまぎれている。けれど、その危機を乗り越えられなかった場合、その後の人生は一転する。危機につかまってしまったばかりに、その後、ずっと後ろをふりかえるようにしか生きられない場合だってある。光より闇《やみ》をさがしてしまう目を持ってしまうこともある。この少女は、もしや、そんな重大な危機に瀕《ひん》しているのではないか。このままトモミを寝かせておいたら、奇妙な夢におぼれさせていたら、取り返しのつかないことになってしまうのではないか。

私の不安が次第に大きく膨らむころ、トモミは自らに荒療治を施す。まるで爆発するように家出をするのだ。家出先は、猫おばさんの餌づけによって野良猫のすみかと化したおんぼろバス。

バスに泊まるトモミを、心配した祖父が訪ねてくる。いつも納戸を片づけている、トモミからすれば正体不明の祖父は、廃バスのなかでしずかに話をする。祖父の思い出話は、説教でもないし示唆《しさ》でもない。しかし私はこの場面で、それぞれ混じり合わなかった世界が、トモミのなかでゆっくりと接点を持ちはじめたように感じる。接点を持って、トモミはそれぞれの世界を理解するのではない。それぞれの世界の接点を見て、トモミはわからないということを知るのである。トモミははじめてここで、他者を他者として認識する。みんな勝手に勝手なことをしているのではない、それぞれのどうしようもない理由があってそうせざるを得ないのだと、善から発した気持ちが善のまま作用するわけではないのだと、世のなかには決して理解のできない悪意も存在するのだと、トモミは頭ではなく、体で知ったように私には感じられる。大人になる、大人になって生きていくということは、そうしたものと共存していくことなのだと。

そしてもうひとつ、トモミが折り合いをつけなくてはならないものがある。それは死である。ここにいたってトモミははじめて、祖母の死について言葉を発する。苦しむ祖母を見て、もう死んだほうがいいと思ったことをうち明ける。それはずっとトモミが言えなかった、胸の内に抱いていた、大きな苦しみである。そしてトモミの頭痛の、もしかしたらもっとも大きな原因である。

湯本香樹実さんは、デビュー作である『夏の庭—The Friends—』でも、『ポプラの秋』『西日の町』といった作品、また最新作の絵本『くまとやまねこ』でも、みなそれぞれ違う方法で、死を扱っている。それぞれにおいて「死」は違う様相をもって語られるが、共通しているのは、この作家がどの作品でも決して死を特別扱いしない、ということだ。読み手を泣かせるための道具立てとして死を扱うこともなければ、死を美化することもない。また、超えられないトラウマとして描くこともなければ、生を再確認させるための役割として描くこともない。この人の小説に登場する死は、まるで現実に私たちが出合う他者の死そのものだと、私はいつも思う。

近しい人が死んだとき、死というものをはじめて経験したとき、私たちは混乱する。それはまったく「意味がわからないもの」だ。今まで出合ったもののなかでもっとも意味のわからないそれを、私たちは受け入れなくてはならない。拒絶したり避けたりする選択肢はない。受け入れること、それしか私たちには許されていない。私たちは混乱し、かなしいと思うより先に泣き、受け入れざるを得ないそれを、のみこめず自分の内に転がし、転がすうち染《し》み出てくる後悔の痛みに耐え、そうして、それほどの苦しみを人と共有できないことを知って愕然《がくぜん》とする。同じように近しい人を亡《な》くし、同じようにかなしんでいても、私たちはそれを分かち合うことができない。分かち合うことで軽減させることができない。その、絶望的なまでのできなさ加減にもまた、私たちは混乱するのである。

湯本香樹実という作家が描く死は、そうした死だ。現実に私たちが出合うもの。幾度体験しても、幾度でもつまずいてしまうもの。トモミのなかで、おそらくはじめて出合っただろう祖母の死は、どこにも吸収されず、整頓《せいとん》もされず、苦みと痛みと違和感を持ってそこに在り続けている。

そんなトモミの告白に向かって、祖父は言う。

「トモミがもっと小さかったら、そういうふうには思わなかっただろうな」

なんとさりげなく、けれどなんと信用できる言葉だろう。この祖父の言葉は、大人になるってそんなにわるいものでもないよ、というふうに聞こえる。きれいごとでもまやかしでもなく、真実の言葉として。混乱していいのだ。後悔に痛みを感じ続けていていいのだ。軽減させる必要なんかないのだ。そうすることで、亡くなった人と共生してもいいのだ。それこそ大人の特権なのだと、私には聞こえる。

そして私は思うのだ、助かった、と。だいじょうぶ、この子は助かった。重大な危機を、やり過ごした。そんなふうに。

トモミは、バスで過ごしたこの一夜から、はっきりとではないが、しかしゆっくりと確実に、子どもから脱皮していく自分自身を引き受けていく。わからない、ということもまた、同様に引き受けていく。私たちが生きているのは本当に、わからないことだらけの世のなかだと思う。信じがたい犯罪や、世界で起きる暴動や戦争のニュースを、新聞で読まなくとも、ささやかな日常だってわからないことばかりだ。なぜ列の順番を守らない人がいるのかわからない。なぜこんなちっぽけなことに声を荒らげる人がいるのかわからない。こうすればいいものを、なぜべつの方法を選ぶ人がいるのかわからない。

人は本当に、それぞれの勝手な論理で生きている。

けれどトモミが学ぶのは、わからないものはわからないまま放っておくことでも、知りませんと耳も目も閉じてしまうことでもない。原因不明の病気にかかった猫たちに、薬をやりつづける幼い弟を見て、トモミは理解する。猫おばさんと、こんな会話を交わす。


「おばさん、どうしようもないことってあるね」

「うん」

「だけど、テツ、がんばってよかったんだよね」

おばさんは大きく息を吸いこんだ。それからいつものガラガラ声をいっそう太くして、「どうしようもないかもしれないことのために戦うのが、勇気ってもんでしょ」

と言った。


わからないこと、理解できないこと、どうしようもないこと、大人になるということは、紛れもなくそれらに出合うことだが、ここでトモミが知るのは、それらを傍観する手段ではない。ガラクタ、猫たち、雷の音、夢、隣家の老人、父と母の喧嘩、猫おばさん、頭痛、卒業式の思い出、祖母の思い出、バスの夜、テツの発奮、いいことも悪いことも、「何かひとつでも欠けたら」たぶんわからなかったこと、「どうしようもないかもしれないことのために戦う」勇気をこそ、彼女は知るのである。

死、というものもまた、私たちが戦わなければならない、おおきなひとつの「どうしようもないこと」なのだろうと、私はこの小説を読んでいて思った。他者の死にしても自己の死にしても。どうせ死んでしまうのだ、と傍観するのではなく、死という、人の力ではどうしようもないものに向かってがむしゃらに刃向かっていく。それが他者と関わるということなのではないか。ひいてはそれが生きるということなのではないか。納戸のガラクタを壊したりなおしたりしているおじいさんや、野良猫たちに餌をやり続けているおばさんは、短くさりげない言葉で、いや、言葉ではなく行為で、そう伝えてくれる。トモミに、そして私たちに。

そして世界はトモミの前で美しく変わる。

強く強く目を閉じて、それからぱっと目を開けたとき、空はもっと青くて、テツも、猫たちも、おばさんも、こわれたバスも、もっともっとくっきりと、明るい光にふちどられていた。

わからないことと折り合いをつけたトモミの前で、世界はそんなふうに美しく光を放つ。春休みに起きたすべてのことが、危機に陥りそうな彼女に正しい道を教えたのだ。光にあふれた日々に、彼女はまっすぐ足を踏み出したのだ。

この小説のなかで、ほとんどのことは解決を見ない。作者は説明をまったくしない。父と母がどうなったのか、なぜ母は父の仕事場で寝ていたのか、猫おばさんの写真におさめられたのはだれだったのか、猫おばさんはなぜひとり暮らしなのか、痴漢男はどうなったのか、老人はどうなったのか、わかりやすい説明はなく、すべてが未解決だ。私たちの現実の生活がそうであるように。

しかし不思議なのは、これほど未解決なことばかりなのに、読後感はすべての解決を見たかのような爽快《そうかい》なものだ。トモミが、わからないことすべてと戦う勇気を得たのと同時に、思い通りになることばかりではない生を引き受ける力を、私たちにもまた、この小説は与えてくれるからだと私は思う。

（二〇〇八年五月、作家）

平成七年二月徳間書店より刊行された作品を文庫化に際し改稿した。

春《はる》のオルガン

新潮文庫 ゆ-6-3

平成二十年七月一日発行

著者 湯《ゆ》本《もと》香《か》樹《ず》実《み》

発行者 佐藤隆信

発行所 株式会社 新潮社

郵便番号 一六二—八七一一
東京都新宿区矢来町七一
電話 編集部(〇三)三二六六—五四四〇
読者係(〇三)三二六六—五一一一
http://www.shinchosha.co.jp

価格はカバーに表示してあります。
乱丁・落丁本は、ご面倒ですが小社読者係宛ご送付ください。送料小社負担にてお取替えいたします。

印刷・二光印刷株式会社 製本・株式会社大進堂

ISBN978-4-10-131513-3 C0193